尘世耗用我们的时间太多了,夙兴夜寐,赚钱挥霍,把我们的精力都浪费掉了。

仅有闲时最像人

梁实秋 著

中国友谊出版公司

图书在版编目（CIP）数据

仅有闲时最像人 / 梁实秋著. —— 北京：中国友谊出版公司, 2025.1
ISBN 978-7-5057-5825-4

Ⅰ.①仅… Ⅱ.①梁… Ⅲ.①散文集 – 中国 – 现代 Ⅳ.① I266

中国国家版本馆 CIP 数据核字 (2024) 第 007911 号

书名	仅有闲时最像人
作者	梁实秋 著
出版	中国友谊出版公司
发行	中国友谊出版公司
经销	北京时代华语国际传媒股份有限公司　010-83670231
印刷	唐山富达印务有限公司
规格	880 毫米 ×1230 毫米　32 开 7.25 印张　128 千字
版次	2025 年 1 月第 1 版
印次	2025 年 1 月第 1 次印刷
书号	ISBN 978-7-5057-5825-4
定价	49.80 元
地址	北京市朝阳区西坝河南里 17 号楼
邮编	100028
电话	（010）64678009

目录

闲暇

辑一

人在有闲的时候才最像是一个人。

- 002 梦
- 006 睡
- 010 闲暇
- 014 散步
- 018 喜筵
- 022 广告
- 027 吸烟
- 032 计程车
- 037 小账
- 042 拜年

辑二 碎片

乘凉闲话，直聊到星稀斗横、风轻露重……

048　写信难
052　我所望于我的芳邻者：留声机问题
054　我看电视
059　房东与房客
063　搬家
068　好容易过了端午节
071　我的暑假生活是怎样过的

岁月

辑三

我问青山，青山凝妆不语；
我问流水，流水呜咽不答。

- 078　槐园梦忆（三）
- 089　忆周作人先生
- 096　最初的一幕
- 101　苦雨凄风
- 111　唐人自何处来
- 114　又逢癸亥
- 118　谜语
- 128　北平的街道
- 132　北平的零食小贩
- 140　"疲马恋旧秣，羁禽思故栖"

辑四

食味

突然想起此味,乃不惜于风雪之中奔走一小时……

152　馋
156　由熊掌说起
160　圆桌与筷子
164　《饮膳正要》
169　读《中国吃》
180　再谈《中国吃》

遐思

辑五

有人宁可遁迹山林，享受那清风明月，"侣鱼虾而友麋鹿"，过那高蹈隐逸的生活。

188　谈时间
192　鹰的对话
195　艺与道德
199　流行的谬论
209　为什么不说实话
211　莎士比亚与性
216　学问与趣味

人，诚如波斯诗人莪漠伽耶玛所说，来不知从何处来，去不知向何处去，来时并非本愿，去时亦未征得同意，糊里糊涂地在世间逗留一段时间。在此期间内，我们是以心为形役呢，还是立德立言以求不朽，还是参究生死直超三界呢？这大主意需要自己拿。

——梁实秋

闲暇

辑一

人在有闲的时候才最像是一个人。

梦

成年以后，我过的是梦想颠倒的生活，白天梦作不少，夜梦却没有什么可说的。

《庄子·大宗师》："古之真人，其寝不梦。"注："其寝不梦，神定也，所谓至人无梦是也。"作到至人的地步是很不容易的，要物我两忘，"嗒然若丧其耦"才行。偶然接连若干天都是一夜无梦，混混噩噩的睡到大天光，这种事情是常有的，但是长久的不作梦，谁也办不到。有时候想梦见一个人，或是想梦作一件事，或是想梦到一个地方，拼命的想，热烈的想，刻骨镂心的想，偏偏想不到，偏偏不肯入梦来。有时候没有想过的，根本不曾起过念头的，而且是荒谬绝伦的事情，竟会窜入梦中，突如其来，挥之不去，好惊、好怕、好窘、好羞！至于我们所企求的梦，或是值得一作的梦，那是很难得一遇的事，即使偶有好梦，也往往被不相干的事情打断，蘧然而觉。大致讲来，好梦难成，而恶梦连连。

我小时候常作的一种梦是下大雪。北国冬寒，雪虐风饕原是常事，哪有一年不下雪的？在我幼小心灵中，对于雪没有太大的震撼,顶多在院里堆雪人、打雪仗。但是我一年四季之中经常梦雪;差不多每隔一二十天就要梦一次。对于我,雪不是"战退玉龙三百万,败鳞残甲满天飞"(张承吉句),我没有那种狂想;也没有白居易"可怜今夜鹅毛雪,引得高情鹤氅人"那样的雅典;更没有柳宗元"独钓寒江雪"的那分幽独的感受。雪只是大片大片的六出雪花,似有声似无声的、没头没脑的从天空筛将下来。如果这一场大雪把地面上的一切不平都匀称地遮覆起来,大地成为白茫茫的一片,像韩昌黎所谓"凹中初盖底,凸处尽成堆",或是相传某公所谓的"黑狗身上白,白狗身上肿",我一觉醒来便觉得心旷神怡,整天高兴。若是一场风雪有气无力,只下了薄薄一层,地面上的枯枝败叶依然暴露,房顶上的瓦栊也遮盖不住,我登时就会觉得哽结,醒后头痛欲裂,终朝寡欢。这样的梦我一直作到十四五岁才告停止。

紧接着常作的是另一种梦,梦到飞。不是像一朵孤云似的飞,也不是像抟扶摇而上九万里的大鹏,更不是徐志摩在"想飞"一文中所说"飞上天空去浮着,看地球这弹丸在太空里滚着,从陆地看到海,从海再看回陆地。凌空去看一个明白……"我没有这样规模的豪想。我梦飞,是脚踏实地的两腿一弯,向上一纵,就离了地面,起先是一尺[①]来高,渐渐上升一丈[②]开外,

---

① 1尺约合0.33米。——编者注
② 1丈约合3.33米。——编者注

两脚轻轻摆动,就毫不费力的越过了影壁,从一个小院窜到另一个小院,左旋右转,夷犹如意。这样的梦,我经常作,像潘彼得"那个永远长不大的孩子",说飞就飞,来去自如。醒来之后,就觉得浑身通泰。若是在梦里两腿一踮,竟飞不起来,身像铅一般的重,那么醒来就非常沮丧,一天不痛快。这样的梦作到十八九岁就不再有了。大概是潘彼得已经长大,而我像是雪莱《西风歌》所说的"落在人生的荆棘上了!"

　　成年以后,我过的是梦想颠倒的生活,白天梦作不少,夜梦却没有什么可说的。江淹少时梦人授以五色笔,由是文藻日新。王梦大笔如椽,果然成大手笔。李白少时笔头生花,自是天才瞻逸,这都是奇迹。说来惭愧,我有过一支小小的可以旋转笔芯的四色铅笔,我也有过一幅朋友画赠的"梦笔生花图",但是都无补于我的文思。我的亲人、我的朋友送给我的各式各样的大小精粗的笔,不计其数,就是没有梦见过五色笔,也没有梦见过笔头生花。至于黄帝之梦游花胥、孔子之梦见周公、庄子之梦为蝴蝶、陶侃之梦见天门,不消说,对我更是无缘了。我常有噩梦,不是出门迷失,找不着归途,到处"鬼打墙",就是内急找不到方便之处,即使找到了地方也难得立足之地,再不就是和恶人打斗而四肢无力,结果大概都是大叫一声而觉。像黄粱梦、南柯一梦……那样的丰富经验,纵然是梦不也是很快意么?

　　梦本是幻觉,迷离惝恍,与过去的意识或者有关,与未来的现实应是无涉，但是自古以来就把梦当兆头。晋皇甫谧《帝王世纪》说：黄帝作了两个大梦，一个是"大风吹天下之尘垢皆去"，一个是"人执千钧之弩驱羊万群"，于是他用江湖上拆字的方法占梦，依前梦"得风后于海隅，登以为相"，依后梦"得力牧于大泽，进以为将"。据说黄帝还著了《占梦经》十一卷。假定黄帝轩辕氏是于公元前二六九八年即帝位，他用什么工具著书，其书如何得传，这且不必追问。《周礼·春官》证实当时有官专司占梦之事，"观天地之会，辨阴阳之气，以日月星辰，占六梦之吉凶，一曰正梦，二曰噩梦，三曰思梦，四曰寤梦，五曰喜梦，六曰惧梦。"后世没有占梦的官，可是梦为吉凶之兆，这种想法仍深入人心。如今一般人梦棺材，以为是升官发财之兆；梦粪便，以为是黄金万两之征。何况自古就有传说，梦熊为男子之祥，梦兰为妇人有身，甚至梦见自己的肚皮上生出一棵大松树，谓为将见人君，真是痴人说梦。

睡

> 劳苦分子，生活简单，日入而息，日出而作，不容易失眠。

我们每天睡眠八小时，便占去一天的三分之一，一生之中三分之一的时间于"一枕黑甜"之中度过，睡不能不算是人生一件大事。可是人在筋骨疲劳之后，眼皮一垂，枕中自有乾坤，其事乃如食色一般的自然，好像是不需措意。

豪杰之士有"闻午夜荒鸡起舞"者，说起来令人神往，但是五代时之陈希夷，居然隐于睡，据说"小则亘月，大则几年，方一觉"，没有人疑其为有睡病，而且传为美谈。这样的大量睡眠，非常人之所能。我们的传统的看法，大抵是不鼓励人多睡觉。昼寝的人早已被孔老夫子斥为不可造就，使得我们居住在亚热带的人午后小憩（西班牙人所谓"siesta"）时内心不免惭愧。后汉时有一位边孝先，也是为了睡觉受他的弟子们的嘲笑，"边孝先，腹便便，懒读书，但欲眠"。佛说在家戒法，特别指出"贪睡眠乐"为"精进波罗蜜"之一障。大盖倒头便睡，等着太阳晒屁股，其事甚易，而掀起被衾，跳出软暖，至少在肉体上做"顶天立地"状，其事较难。

其实睡眠还是需要适量。我看倒是睡眠不足为害较大。"睡眠是自然的第二道菜"，亦即最丰盛的主菜之谓。多少身心的疲惫都在一阵"装死"之中涤除净尽。车祸的发生时常因为驾车的人在打瞌睡。衙门机构一些人员之一张铁青的脸，傲气凌人，也往往是由于睡眠不足，头昏脑涨，一肚皮的怨气无处发泄，如何能在脸上绽出人类所特有的笑容？至于在高位者，他们的睡眠更为重要，一夜失眠，不知要造成多少纰漏。

睡眠是自然的安排，而我们往往不能享受。以"天知地知我知子知"闻名的杨震，我想他睡觉没有困难，至少不会失眠，因为他光明磊落。心有恐惧，心有挂碍，心有忮求，倒下去只好辗转反侧，人尚未死而已先不能瞑目。《庄子》所谓"至人无梦"，《楞严经》所谓"梦想消灭，寝寤恒一"，都是说心里本来平安，睡时也自然踏实。劳苦分子，生活简单，日入而息，日出而作，不容易失眠。听说有许多治疗失眠的偏方，或教人计算数目字，或教人想象中描绘人体轮廓，其用意无非是要人收敛他的颠倒妄想，忘怀一切，但不知有多少实效。愈失眠愈焦急，愈焦急愈失眠，恶性循环，只好瞪着大眼睛，不觉东方之既白。

睡眠不能无床。古人席地而坐卧，我由"榻榻米"体验之，觉得不是滋味。后来北方的土炕、砖炕，即较胜一筹。近代之床，实为一大进步。床宜大,不宜小。今之所谓双人床,阔不过四五尺,仅足供单人翻覆,还说什么"被底鸳鸯"?

莎士比亚《第十二夜》提到一张大床,英国,地方某旅舍有大床,七尺六寸①高,十尺九寸长,十尺九寸阔,雕刻甚工,可睡十二人云。尺寸足够大了,但是睡上一打,其去沙丁鱼也几希,并不令人羡慕。讲到规模,还是要推我们上国的衣冠文物。我家在北平即藏有一旧床,杭州制,竹篾为绷,宽九尺余,深六尺余,床架高八尺,三面隔扇,下面左右床柜,俨然一间小屋,最可人处是床里横放架板一条,图书、盖碗、桌灯、四干四鲜,均可陈列其上,助我枕上之功。洋人的弹簧床,睡上去如落在棉花堆里,冬日犹可,夏日燠不可当。而且洋人的那种铺被的方法,将身体放在两层被单之间,把毯子裹在床垫之上,一翻身肩膀透风,一伸腿脚趾戳被,并不舒服。佛家的八戒,其中之一是"不坐高广大床",和我的理想正好相反,我至今还想念我老家里的那张高广大床。

睡觉的姿态人各不同,亦无长久保持"睡如弓"的姿态之可能与必要。王右军那样的东床坦腹,不失为潇洒。即使佝偻着,如死蚯蚓,匍匐着,如癞蛤蟆,也不干谁的事。北方有些地方的人士,无论严寒酷暑,入睡时必脱得一丝不挂,在被窝之内实行天体运动,亦无伤风化。唯有鼾声雷鸣,最使不得。宋张

---

① 1寸约合3.33厘米。——编者注

端义《贵耳集》载一条奇闻："刘垂范往见羽士寇朝，其徒告以睡。刘坐寝外闻鼻鼾之声，雄美可听，曰：'寇先生睡有乐，乃华胥调。'"所谓"华胥调"见陈希夷故事，据《仙佛奇踪》："陈抟居华山，有一客过访，适值其睡。旁有一异人，听其息声，以墨笔记之。客怪而问之，其人曰，'此先生华胥调混沌谱也。'"华胥氏之国不曾游过，华胥调当然亦无从欣赏，若以鼾声而论，我所能辨识出来的谱调顶多是近于"爵士新声"，其中可能真有"雄美可听"者。不过睡还是以不奏乐为宜。

　　睡也可以是一种逃避现实的手段。在这个世界活得不耐烦而又不肯自行退休的人，大可以掉头而去，高枕而眠，或竟曲肱而枕，眼前一黑，看不惯的事和看不入眼的人都可以暂时撇在一边，像鸵鸟一般，眼不见为净。明陈继儒《珍珠船》记载着，"徐光溥为相，喜论事，大为李昊等所嫉。光溥后不言，每聚议，但假寐而已，时号'睡相'。"一个做到首相地位的人，开会不说话，一味假寐，真是懂得明哲保身之道，比危行言逊还要更进一步。这种功夫现代似乎尚未失传。

闲暇

> 人辛勤困苦的工作，所为何来？夙兴夜寐，胼手胝足，如果纯是为了温饱像蚂蚁蜜蜂一样，那又何贵乎做人？

英国十八世纪的笛福，以《鲁滨孙漂流记》一书闻名于世，其实他写小说是在近六十岁才开始的，他以前的几十年写作差不多全是以新闻记者的身份所写的散文。最早的一本书一六九七年刊行的《设计杂谈》（*An Essay Upon Projects*）是一部逸趣横生的奇书，我现在不预备介绍此书的内容，我只要引其中的一句话：

> 人乃是上帝所创造的最不善于谋生的动物；没有别的一种动物曾经饿死过；外界的大自然给它们预备了衣与食；内心的自然本性给它们安设了一种本能，永远会指导它们设法谋取衣食；但是人必须工作，否则就挨饿，必须做奴役，否则就得死；他固然是有理性指导他，很

少人服从理性指导而沦于这样不幸的状态;但是一个人年轻时犯了错误,以致后来颠沛困苦,没有钱,没有朋友,没有健康,他只好死于沟壑,或是死于一个更恶劣的地方——医院。

这一段话,不可以就表面字义上去了解,须知笛福是一位"反语"大师,他惯说反话。人为万物之灵,谁不知道?

事实上在自然界里一大批一大批饿死的是禽兽,不是人。人要适合于理性的生活,要改善生活状态,所以才要工作。笛福本人是工作极为勤奋的人,他办刊物、写文章、做生意,从军又服官,一生忙个不停。就是在这本《设计杂谈》里,他也提出了许多高瞻远瞩的计划,像预言一般后来都一一实现了。人辛勤困苦地工作,所为何来?夙兴夜寐,胼手胝足,如果纯是为了温饱像蚂蚁蜜蜂一样,那又何贵乎做人?想起罗马皇帝马可·奥勒留的一段话:

在天亮的时候,如果你懒得起床,要随时作如是想:"我要起来,去做一个人的工作。"我生来就是为了做那工作的,我来到世间就是为了做那工作的,那么现在就去做那工作又有什么可怨的呢?我既是为了这工作而生的,那么我应该蜷卧在被窝里取暖吗?"被窝里较为舒适呀。"那么你是生来为了享乐的吗?简言之,我且问你,你是被动地还是主动地要有所作为?试想每一个小的生物,每一只小鸟、蚂蚁、蜘蛛、蜜蜂,它们是如何地勤于劳作,如何地克尽厥职,以组成一个有秩序的宇宙。那么你可以拒绝去做一个人的工作吗?自然命令你做的事还不赶快地去做吗?"但是一些休息也是必要的呀。"这我不否认。但是根据自然之道,这也要有个限制,犹如饮食一般。你已经超过限制了,你已经超过足够的限量了。但是讲到工作你却不如此了,多做一点你也不肯。

这一段策励自己勉力工作的话,足以发人深省,其中"以组成一个有秩序的宇宙"一语至堪玩味,使我们不能不想起古罗马的文明秩序是建立在奴隶制度之上的。有劳苦的大众在那里辛勤地劳作,解决了大家的生活问题,然后少数的上层社会人士才有闲暇去做"人的工作"。大多数人是蚂蚁、蜜蜂,少数人是人。做"人的工作"需要有闲暇。所谓闲暇,不是饱食终日无所用心之谓,是免于蚂蚁、蜜蜂般的工作之谓。养尊处优,嬉邀惰慢,那是蚂蚁、蜜蜂之不如,还能算人!靠了逢迎当道,甚至为虎作伥,而猎取一官半职或是分享一些残羹剩饭,那是帮闲或是帮凶,都不是人的工作。奥勒留推崇工作之必要,话是不错,但勤于劳作亦应有个限度,不能像蚂蚁、蜜蜂那样地工作。劳动是必需的,但劳动不应该是终极的目标。而且劳动亦不应该由一部分人负担而令另一部分人坐享其成果。

人类最高理想应该是人人能有闲暇,于必需的工作之余还能有闲暇去做人,有闲暇去做人的工作,去享受人的生活。我们应该希望人人都能属于"有闲阶级"。有闲阶级如能普及于全人类,那便不复是罪恶。人在有闲的时候才最像是一个人。手脚相当闲,头脑才能相当地忙起来。我们并不向往六朝人那样萧然若神仙的样子,我们却企盼人人都能有闲暇去发展他的智慧与才能。

散步

> 那狗脖子上挂着牌子，当然是纳过税的，还可能是系出名门，自然也有权利出来散步。

《琅嬛记》云："古之老人，饭后必散步。"好像是散步限于饭后，仅是老人行之，而且盛于古时。现代的我，年纪不大，清晨起来盥洗完毕便提起手杖出门去散步。这好像是不合古法，但我已行之有年，而且同好甚多，不只我一人。

清晨走到空旷处，看东方既白，远山如黛，空气里没有太多的尘埃炊烟混杂在内，可以放心地尽量地深呼吸，这便是一天中难得的享受。据估计："目前一般都市的空气中，灰尘和烟煤的每周降量，平均每平方千米约为五吨，在人烟稠密或工厂林立的地区，有的竟达二十吨之多。"养鱼的都知道要经常为鱼换水，关在城市里的人真是如在火宅，难道还不在每天清早从软暖习气中挣脱出来，服几口清凉散？

散步的去处不一定要是山明水秀之区，如果风景宜人，固然觉得心旷神怡，就是荒村陋巷，也自有它的情趣。一切只要随缘。我从前沿着淡水河边，走到萤桥，现在顺着一条马路，走到土桥，天天如是，仍然觉得目不暇给。朝露未干时，有蚯蚓、大蜗牛，在路边蠕动，没有人伤害它们，在这时候这些小小的生物可以和我们和平共处。也常见有被碾毙的田鸡野鼠横尸路上，令人触目惊心，想到生死无常。河边蹲踞着三三两两浣衣女，态度并不轻闲，她们的背上兜着垂头瞌睡的小孩子。田畦间伫立着几个庄稼汉，大概是刚拔完萝卜摘过菜。是农家苦，还是农家乐，不大好说。就是从巷弄里面穿行，无意中听到人家里的喁喁絮语，有时也能令人忍俊不住。

六朝人喜欢服五石散，服下去之后五内如焚，浑身发热，必须散步以资宣泄。到唐朝时犹有这种风气。元稹诗"行药步墙阴"，陆龟蒙诗"更拟结茅临水次，偶因行药到村前"。所谓行药，就是服药后的散步。这种散步，我想是不舒服的。肚里面有丹砂雄黄白矾之类的东西作怪，必须脚步加快，步出一身大汗，方得畅快。我所谓的散步不这样的紧张，遇到天寒风大，可以缩颈急行，否则亦不妨迈方步，缓缓而行。培根有言："散步利胃。"我的胃口已经太好，不可再利，所以我从不跄跄地趱路。六朝人所谓"风神萧散，望之如神仙中人"，一定不是在行药时的写照。

散步时总得携带一根手杖，手里才觉得不闲得慌。山水画里的人物，凡是跋山涉水的总免不了要有一根邛杖，否则好像是摆不稳当似的。王维诗："策杖村西日斜。"村东日出时也是一样的需要策杖。一杖在手，无须舞动，拖曳就可以了。我的一根手杖，因为在地面摩擦的关系，已较当初短了寸余。手杖有时亦可作为武器，聊备不时之需，因为在街上散步者不仅是人，还有狗。不是夹着尾巴的丧家之狗，也不是循循然汪汪叫的土生土长的狗，而是那种雄赳赳的横眉竖眼张口伸舌的巨獒，气咻咻地迎面而来，后面还跟着骑脚踏车的扈从，这时节我只得一面退避三舍，一面加力握紧我手里的竹杖。那狗脖子上挂着牌子，当然是纳过税的，还可能是系出名门，自然也有权利出来散步。还好，此外尚未遇见过别的什么猛兽。唐慈藏大师"独静行禅，不避虎兕"，我只有自惭定力不够。

　　散步不需要伴侣，东望西望没人管，快步慢步由你说，这不但是自由，而且只有在这种时候才特别容易领略到"前不见古人，后不见来者"那种"分段苦"的味道。天覆地载，孑然一身。事实上街道上也不是绝对的阒无一人，策杖而行的不只我一个，而且经常的有很熟的面孔准时准地地出现。还有三五成群的小姑娘，老远地就送来木屐声。天长日久，面孔都熟了，但是谁也不理谁。在外国的小都市，你清早出门，一路上打扫台阶的老太婆总要对你搭讪一两句话，要是在郊外山上，任何人都要彼此脱帽招呼。他们不嫌多事。我有时候发现，一个形容枯槁的老者忽然不见他在街道散步了，第二天也不见，第三天也不见，我真不敢猜想他是到哪里去了。

　　太阳一出山，把人影照得好长，这时候就该往回走。再晚一点便要看到穿蓝条睡衣睡裤的女人们在街上或是河沟里倒垃圾,或者是捧出红泥小火炉在路边呼呼地扇起来,弄得烟气腾腾。尤其是,风驰电掣的现代交通工具也要像是猛虎出柙一般地露面了,行人总以回避为宜。所以,散步一定要在清晨,白居易诗:"晚来天气好,散步中门前。"要知道白居易住的地方是伊阙,是香山,和我们住的地方不一样。

喜筵

> 一批人纷纷就座，本来菜数简单，一时风卷残云，鼓腹而退。

清梁晋竹《两般秋雨盦随笔》有这样一段：

湖南麻阳县，某镇，凡红白事，戚友不送套礼，只送份金，始于一钱而极于七钱，盖一阳之数也。主人必设宴相待，一钱者食一菜，三钱者三菜，五钱者遍肴，七钱者加籩。故宾客虽一时满堂，少选，一菜进，则堂隅有人击小钲而高唱曰："一钱之客请退。"于是纷然而散者若干人。三菜进，则又唱："三钱之客请退。"于是纷然而散者又若干人。五钱以上不击，而客已寥寥矣。

我初看几乎不敢相信有此等事。"夫礼，禁乱之所由生。"所以我们礼仪之邦最重礼防。"名位不同，礼亦异数。"所以礼数亦不能人人平等。但是麻阳县某镇安排喜筵的方式，纵然秩序井然，公平交易，那一钱三钱之客奉命退席，究竟脸上无光，心中难免惭恧，就是五钱七钱之客，怕也未必觉得坦然。乡曲陋俗，不足为训。我后来遇到一位朋友，他来自江苏江阴乡下，据他说他的家乡之治喜筵亦大致如此，不过略有改良。喜筵备齐之后，司仪高声喊叫："一元的客人入席！"一批人纷纷就座，本来菜数简单，一时风卷残云，鼓腹而退。随后布置停当，二元的客人大摇大摆地应声入席。最后是三元、四元的客人入座，那就是贵宾了。这分批入座的办法，比分别退席的办法要稍体面一些。

我小时候在北平也见过不少大张喜筵的局面。喜庆丧事往来，家家都有个礼簿。投桃报李，自有往例可循。簿上未列记录者，彼此根本不需理会。礼簿上分别注明，"过堂客"与"不过堂客"，堂客即是女眷之谓。所以永远不会有出人意外的阍第光临之事发生。送礼大概不外份金与席票二种。所谓席票，即是饭庄的礼券，最少两元，最多六元、八元不等。这种礼券当然可以随时兑取筵席，不过大部分的人都是把它收藏起来，将来转送出去。有时候送来送去，饭庄或者早已歇业。有时候持票兑取筵席，业者会报以白眼。北平的餐馆业分两种，一种是饭馆，大小不一，口味各异，乃普通饮宴之处；一种是饭庄，比较大亦比较旧，一律是山东菜。例如福寿堂、庆寿堂、天福堂等等。通常是称"堂"，有宽大的院落，甚至还有戏台。办红白事的人家可以借用其地，如果自己家里宽绰，也可令饭庄外会承办酒席。那时候用的是八仙桌，二人条凳，一桌坐六个人，因为有一面是敞着的，为的是便利主人敬酒、堂倌上菜。有时人多座少，也可以临时添个条凳打横。男女分座，男的那边固然是杯盘狼藉叫嚣震天，女的那边也不示弱，另有一番热闹。席上的菜数不外是四干、四鲜、四冷荤、四盘、四碗、四大件。大量生产的酒席，按说没有细活，一定偷工减料，但是不，上等饭庄的师傅们驾轻就熟，老于此道，普普通通的烩虾仁、熘鱼片、南煎丸子、烩两鸡丝……做得有滋有味，无懈可击。四大件一上桌，趴烂肘子、黄焖鸭子之类，可以把每个人都喂得嘴角流油。堂客就席，比较斯文，虽然她们的领下照例都挂上一块精致美观的围巾，像小儿的涎布一样，好像来者不善的样子，其实都很彬彬有礼。只是每位堂客身后照例有一位健仆，三河县的老妈儿，个个见多识广，眼明手快，主人敬酒之后，客人不动声色，老妈儿立刻采取行动，四干四鲜登时就如放枪一般抓进预备好的口袋，手法利落，疾如鹰隼。那时尚无塑胶袋之类，否则连汤连水的东西一齐可以纳入怀内。这一阵骚动之后，正菜上桌，老妈各为其主，代为夹菜，每人面前碟子乱七八糟地堆成一个小丘,同时还有多礼的客人互相布菜。趴烂肘子、黄焖鸭之类的大块文章，上桌亮相几秒钟就会被堂倌撤下，扬言代客拆碎，其实是换上一盘碎拼的剩菜充数，这是主人与饭庄预先约定的一招。如果运气好，一盘原装大菜可以亮相好几次。假如客人恶作剧，不容分说，对准了鸭子、肘子就是一筷子，主人也没有办法，只好暗道苦也苦也。

如今办喜事的又是一番气象，喜帖满天飞，按照职员录、同学录照抄不误，所以喜筵动辄二三十桌。我常看见客人站在收礼台前从荷包里抽出一叠钞票，一五一十地数着，往台上一丢，心安理得地进去吃喜酒了，连红封包裹的一层手续也省却了。好简便的一场交易。

前面正中有一桌，铺着一块红桌布，大家最好躲远一些。礼成之后，观众入席，事实上大批观众早已入席，有的是熟人旧识呼朋引类霸占一方，有的是各色人等杂拼硬凑。那红桌布是为新郎新娘而设，高踞首座，家长与证婚人等则末座相陪。长幼尊卑之序此时无效。新娘是不吃东西的，象征性地进食亦偶尔一见。她不久就要离座，到后台去换行头，忽而红装，遍体锦绣，忽而绿袄，浑身亮片，足折腾一气，一鼓作气，再而衰，三而竭，换上三套衣服之后来源竭矣。客人忙着吃喝，难得有人肯停下箸子瞥她一眼。那几套衣服恐怕此生此世永远不会再见天日。时装展览之后，新娘新郎又忙着逐桌敬酒，酒壶里也许装的是茶，没有人问，绕场一匝，虚应故事。可是这时节，客人有机会仔细瞻仰新人的风采，新娘的脸上敷了多厚的一层粉，眼窝涂得是否像是黑煤球，大家心里有数了。这时候，喜筵已近尾声，尽管鱼虾之类已接近败坏的程度，每桌上总有几位嗅觉不大灵敏而又有不择食的美德。只要不集体中毒，喜筵就算是十分顺利了。

广告

> 每日生活被广告折磨得够苦，要想六根清净，看来颇不容易。

从前旧式商家讲究货真价实，一旦做出了名，口碑载道，自然生意鼎盛，无须大吹大擂，广事招徕。北平同仁堂乐家老铺，小小的几间门面，比街道的地面还低矮两尺，小小的一块匾，没有高擎的"丸散膏丹道地药材"的大招牌，可是每天一开门就是顾客盈门，里三层外三层，真是挤得水泄不通（那时候还没有所谓排队之说）。没人能冒用同仁堂的名义，同仁堂只此一家，别无分店，要抓药就要到大栅栏去挤。

这种情形不独同仁堂一家为然。买服装衣料就到瑞蚨祥，买茶叶就到东鸿记西鸿记，准没有错。买酱羊肉到月盛斋，去晚了买不着。买酱菜到六必居，也许是严嵩的那块匾引人。吃螃蟹、涮羊肉就到正阳楼，吃烤牛肉就要照顾安儿胡同老五，喝酸梅汤要去信远斋。他们都不在报纸上登广告，不派人撒传单。大家心里都有数。做买卖的规规矩矩做买卖，他们不想发大财，照顾主儿也老老实实地做照顾主儿,他们不想试新奇。

但是时代变了,谁也没有办法教它不变。先是在前门大街信昌洋行楼上竖起"仁丹"大广告牌,好像那翘胡子的人头还不够惹人厌,再加上夸大其词的"起死回生"的标语。犹嫌招摇不够尽兴,再补上一个由一群叫花子组成的乐队,吹吹打打,穿行市街。仁丹是还不错,可是日本人那一套宣传伎俩,我觉得太讨厌了。

由西直门通往万寿山那一条大道,中间黄土铺路,经常有清道夫一勺一勺地泼水,两边是大石板路,供大排子车使用,边上种植高大的柳树,古道垂杨,夹道飘拂,颇为壮观可喜。不知从哪一天起,路边转弯处立起了一两丈高的大木牌,强盗牌的香烟,大联珠牌的香烟,如雨后春笋出现了。我每周末在这大道上来往一回,只觉得那广告收了破坏景观之效,附带着还惹人厌。我不吸烟,到了吸烟的年龄我也自知选择,谁也不会被一个广告牌子所左右。

坐火车到上海,沿途看见"百龄机"的广告牌子,除了三个大字之外还有一行小字:"有意想不到之效力"。到底那百龄机是什么东西,有什么意想不到的效力,谁也说不清,就这样糊里糊涂地产生了广告效果,不少人盲从附和。《小说月报》《东方杂志》也出现了"红色补丸"的广告,画的是一个佝偻着腰的老人,手附着胯,旁边注着"图中寓意"四个字。寓什么意?补丸而可以用颜色为名,我只知道明末三大案,皇帝吃了红丸而暴崩。

这些都还是广告术的初期亮相。尔后广告方式日新月异，无孔不入，大有泛滥成灾之势。广告成了工商业的出品成本之重要项目。

报纸刊登广告，是天经地义。人民大众利用刊登广告的办法，可以警告逃妻，可以凤求凰或凰求凤，可以叫卖价格低廉而美轮美奂的琼楼玉宇，可以报失，可以道歉，可以鸣谢救火，可以感谢良医，可以宣扬仙药，可以贺人结婚，可以贺人家的儿子得博士学位，可以一大排一大排讣告同一某某董事长的死讯，可以公开诉愿喊冤，可以公开歌功颂德，可以宣告为某某举办冥寿，可以公告拒绝往来户，可以揭露各种考试的金榜，可以……不胜枚举。我的感想是：广告太多了，时常把新闻挤得局处一隅。有些广告其实是浪费，除了给报馆增加收益之外，不免令读者报以冷眼，甚或嗤之以鼻。同时广告所占篇幅有时也太大了，其实整版整页的大广告吓不倒人。外国的报纸，不限张数，广告更多，平常每日出好几十张，星期日甚至好几百页，报童暗暗叫苦，收垃圾的人也吃不消。我国的报纸好像情形好些，广告再多也是在那三大张之内，然而已经令人感到泛滥成灾了。

杂志非广告不能维持，其中广告客户不少是人情应酬，并非心甘情愿送上门来，可是也有声望素著的大刊物，一向以不登载广告为傲，也禁不住经济考虑而大开广告之门。我们不反对刊物登载广告，只是登载广告的方式值得研究。有些杂志的广告部分特别选用重磅的厚纸，彩色精印，有喧宾夺主之势，更有鱼目混珠之嫌。有人对我说，这样的刊物到他手里，对不起，他时常先把广告部分尽可能地撕除净尽，然后再捧而读之。我说他做得过分，辜负了广告客户的好意，他说为了自卫，情非得已。他又说，利用邮递投送广告函的，他也是一律原封投入字纸篓里，他没有工夫看。

我不懂为什么大街小巷有那么多的搬家小广告到处乱贴，墙上、楼梯边、电梯内，满坑满谷。没有地址，只具电话号码。粘贴得还十分结实，洗刷也不容易。更有高手大概会飞檐走壁，能在大厦二三丈高处的壁上张贴。听说取缔过一阵，但是"野火烧不尽，春风吹又生"了。

有吉房招租的人，其心情之急是可以理解的。在报纸上登个分类小广告也就可以了，何必写红纸条子到处乱贴。我最近看到这样的大张红纸条子贴在路旁邮箱上了。显然有人去撕，但是撕不掉，经过多日雨淋才脱落一部分，现在还剩有斑驳的纸痕留在邮箱上！

电视上的广告更不必说，天下没有白吃的午餐，没有广告哪里能有节目可看？可是那些广告逼人而来，真煞风景。我不想买大厦房子，我也没有香港脚，我更不打算进补，可是那些广告偏来呶呶不休，有时还重复一遍。有人看电视，一见广告上映，登时闭上眼睛养神，我没有这样本领，我一闭眼就真个睡着了。我应变的办法是只看没有广告的一段短短的节目，广告一来我就关掉它。这样做，我想对自己没有多大损失。

　　早起打开报纸，触目烦心的是广告，广告；出去散步映入眼帘的又是广告，广告；午后绿衣人来投送的也多是广告，广告；晚上打开电视仍然少不了广告，广告。每日生活被广告折磨得够苦，要想六根清净，看来颇不容易。

吸烟

> 说来惭愧,我戒烟只此一遭,以后一直没有再戒过。

烟,也就是菸,译音曰淡巴菰。这种毒草,原产于中南美洲,遍传世界各地。到明朝,才传进中土。利马窦在明万历年间以鼻烟入贡,后来鼻烟就风靡了朝野。在欧洲,鼻烟是放在精美的小盒里,随身携带。吸时,以指端蘸鼻烟少许,向鼻孔一抹,猛吸之,怡然自得。我幼时常见我祖父辈的朋友不时地在鼻孔处抹鼻烟,抹得鼻孔和上唇都染上焦黄的颜色。据说能明目祛疾,谁知道?我祖父不吸鼻烟,可是备有"十三太保",十二个小瓶环绕一个大瓶,瓶口紧包着一块黄褐色的布,各瓶品味不同,放在一个圆盘里,捧献在客人面前。我们中国人比欧人考究,随身携带鼻烟壶,玉的、翠的、玛瑙的、水晶的,精雕细镂,形状百出。有的山水图画是从透明的壶里面画的,真是鬼斧神工,不知是如何下笔的。壶有盖,盖下有小勺匙,以勺匙取鼻烟置一小玉垫上,然后用指端蘸而吸之。我家藏有鼻烟壶数十，丧乱中只带出了一个翡翠盖的白玉壶，里面还存了小半壶鼻烟，百余年后，烈味未除，试嗅一小勺，立刻连打喷嚏不能止。

我祖父抽旱烟，一尺多长的烟管，翡翠的烟嘴，白铜的烟袋锅（烟袋锅子是塾师敲打学生脑壳的利器，有过经验的人不会忘记）。著名的关东烟的烟叶子贮在一个绣花的红缎子葫芦形的荷包里。有些旱烟管四五尺长，若要点燃烟袋锅子里的烟草，则人非长臂猿，相当吃力，一时无人伺候则只好自己划一根火柴插在烟袋锅里，然后急速掉过头来抽吸。普通的旱烟管不那样长，那样长的不容易清洗。烟袋锅子里积的烟油，常用以塞进壁虎的嘴巴置之于死。

我祖母抽水烟。水烟袋仿自阿拉伯人的水烟筒（hookah），不过我们中国制造的白铜水烟袋，形状乖巧得多。每天需要上下抖动地冲洗，呱嗒呱嗒地响。有一种特制的烟丝，兰州产，比较柔软。用表心纸揉纸煤儿，常是动员大人孩子一齐动手，成为一种乐事。经常保持一两只水烟袋作敬客之用。我记得每逢家里有病人，延请名医周立桐来看病，这位飘着胡须的老者总是昂首登堂直就后炕的上座，这时候送上盖碗茶和水烟袋，老人拿起水烟袋，装上烟草，突的一声吹燃了纸煤儿，呼噜呼噜抽上三两口，然后抽出烟袋管，把里面燃过的烟烬吹落在他自己的手心里，再投入面前的痰盂，而且投得准。这一套手法干净利落。抽过三五袋之后，呷一口茶，才开始说话："怎么？

又是哪一位不舒服啦？"每次如此，活龙活现。

我父亲是饭后照例一支雪茄，随时补充纸烟，纸烟的铁罐打开来，嘶的一声响，先在里面的纸笺上写启用的日期，借以察考每日消耗数量不使过高。雪茄形似飞艇，尖端上打个洞，叼在嘴里真不雅观，可是气味芬芳。纸烟中高级者都是舶来品，中下级者如强盗牌在民初左右风行一时，稍后如白锡包、粉包、国产的联珠、前门等等，皆为一般人所乐用。就中以粉包为特受欢迎的一种。因其烟支之粗细松紧正合吸海洛因者打"高射烟"之用。儿童最喜欢收集纸烟包中附置的彩色画片，好像是前门牌吧，附置的画片是《水浒传》一百零八条好汉的画像，如有人能搜集全套，可得什么什么的奖品，一时儿童们趋之若鹜。可怜那些热心的集者，枉费心机，等了多久多久，那位及时雨宋公明就是不肯亮相！是否有人集得全套，只有天知道了。

常言道，"烟酒不分家"，抽烟的人总是桌上放一罐烟，客来则敬烟，这是最起码的礼貌。可是到了抗战时期，这情形稍有改变。在后方，物资艰难，只有特殊人物才能从怀里掏出"幸运""骆驼""三五""毛利斯"在侪辈面前炫耀一番，只有豪门仕女才能双指夹着一支细长的红嘴的"法蒂玛"忸怩作态。一般人吸的是"双喜"，等而下之的便要数"狗屁牌"（Cupid）香烟了。这渎亵爱神名义的纸烟，气味如何自不待言，奇的是卷烟纸上有涂抹不匀的硝，吸的时候会像儿童玩的烟火"滴滴金",噼噼啪啪地作响、冒火星,令人吓一跳。饶是烟质不美,瘾君子还是不可一日无此君,而且通常是人各一包深藏在衣袋里面,不愿人知是何品牌,要吸时便伸手入袋,暗中摸索,然后突地抽出一支,点燃之后自得其乐。一听烟放在桌上任人取吸,那种场面不可复见。直到如今,大家元气稍复,敬烟之事已很寻常,但是开放式的一罐香烟经常放在桌上,仍不多见。

我吸纸烟始自留学时期,独身在外,无人禁制,而天涯羁旅,心绪如麻,看见别人吞云吐雾,自己也就效颦起来。此后若干年,由一日一包,而一日两包,而一日一听。约在二十年前,有一天心血来潮,我想试一试自己有多少克己的力量,不妨先从戒烟做起。马克·吐温说过:"戒烟是很容易的事,我一年戒过好几十次了。"我没有选择黄道吉日,也没有诹访室人,闷声不响地把剩余的纸烟一股脑儿丢在垃圾堆里,留下烟嘴、烟斗、烟包、打火机,以后分别赠给别人,只是烟灰缸没有抛弃。"冷火鸡"的戒烟法不大好受,一时间手足失措,六神无主,但是工作实在太忙,要发烟瘾没得工夫,实在熬不过就吃一块巧克力。巧克力尚未吃完一盒,又实在腻胃,于是把巧克力也戒掉了。说来惭愧,我戒烟只此一遭,以后一直没有再戒过。

吸烟无益,可有很多人都说"不为无益之事何以遣有涯之生?"而且无益之事有很多是有甚于吸烟者,所以吸烟或不吸烟,应由各人自行权衡决定。有一个人吸烟,不知是为特技表演,还是为节省买烟钱，经常猛吸一口烟咽下肚，绝不污染体外的空气，过了几年此人染了肺癌。我吸了几十年烟，最后才改吸不花钱的新鲜空气。如果在公共场所遇到有人口里冒烟，甚或直向我的面前喷射毒雾，我便退避三舍，心里暗自咒诅："我过去就是这副讨人嫌恶的样子！"

计程车

> 从前人说，同搭一条船便是缘。坐计程车，亦然。遇上什么样的司机也是前缘注定，没得说。

观光客（包括洋人与华裔洋人）来此观光，临去时，有些人总是爱问他们有何感想。其实何需问。其感想如何，我们早已耳熟能详，其中有一项几乎是每人都会提到的："交通秩序太乱，计程车横冲直撞，坐上去胆战心惊。"言下犹有余悸的样子，我们听了惭愧。许多国家都比我们强，交通秩序井然，开车的较有礼貌。但是，我们自己的国家究竟是我们自己的国家。

尽管我们的计程车不满人意，但不要忘记计程车的前一代的三轮车，更前一代的人力车。居住过上海租界的人应能记得，高大的外国水兵跷起腿坐在人力车上，用一根小木棒敲着飞奔的人力车夫的头，指挥他左转右转，把人当畜生看待，其间可有丝毫礼貌？居住过重庆的人应能记得，人力车过了两路口冲着都邮街大斜坡向东急行，猛然间车夫为了省力将车把向上一扬,登时车夫悬吊在半空中,两脚乱蹬而不着地,口里大喊大叫,名曰"钓鱼",坐在车上的人犹如御风而行,大气都不敢喘,岂止是胆战心惊?三轮脚踏车,似乎是较合于人道,可是有一阵子我每日从德惠街到洛阳街,那段路可真不短,有一回遇到台风放雨尾,三轮车好像是扯着帆逆风而行,足足走了将近两个小时,进退不得,三轮车夫累个半死。如今车有四轮,而且马达代替人工,还不知足?

不知足才能有进步。对。不过进步是要一步一步走的,否则便是"大跃进"了。不会走,休想跳。要追赶需从后面加紧脚步向前赶,"迎头赶上"怕没有那样的便宜事。

外国的计程车大抵都是较高级的车,钻进去不至于碰脑袋,坐下来不至于伸不开腿,走起来平平稳稳,不至于蹦蹦跳跳。即使不是高级车,多数是干干净净的。开车的人衣履整齐,从没有赤脚穿拖鞋或是穿背心短裤的。但是他们的计程车并不满街跑,不是招手就来的。如果大清早到飞机场,有时候还需前一晚预约,而且车资之高,远在我们的之上。初履日本东京的人,坐计程车由机场到市内,看着计程表由一千两千还往上跳,很少人心脏不跟着猛跳的。我们的计程车,全是小型低级的,且不要问什么自制率,就算它是国货吧,这不足为耻(我们有的是高级大轿车,那是达官巨贾用的,小民只合坐小车)。一个五尺六寸高的人坐在车里,头顶就会和车顶摩擦。车垫用手一摸,沙楞楞的全是尘土,谁知道哪里来的这么多灰尘。不过若能侚偻着身子钻进车厢，拳着腿坐下，这也就很不错了。我们的计程车会进步的，总有一天会进步到数目渐渐减少，价格渐渐提高到大家坐不起而不得不自己买车开车，现在计程车满街跑，应该算是畸形的全盛时代，不会久。

　　计程车司机劫财施暴的事偶有所闻，究竟是其中的极少数。我个人所遇到的令人恼火的司机只有下述几个类型。长头发一脸溃泥，服装不整。当然士大夫也有囚首垢面的，对计程车司机也就不必深责。曾经有一阵子要司机都穿制服，若要统一服装，没有蛮干的力量能办得通么？有时候他口里叼着一根纸烟开车，风吹火星直扑后座，我请他不要吸烟，他理都不理，再请求他一遍他就赌气把烟向窗外一丢，顺势啐一口，唾沫星子飞到我脸上来。又有些个雅好音乐，或是误会乘客都是喜欢音乐的，把音响开得震耳欲聋（已经相当聋的也吃不消），而所播唱的无非是那些靡靡之音。我请他把声音放小一些，他勉强从命，老大不愿意地做象征性的调整，我请他干脆关掉，这下子他可光火了，他说："这车子是我的！"显然的他忘记了付车资的人暂时也有一点权利可以主张。但是我没有作声，我报以"沉默的抗议"。更有一回，司机以为我是人生地不熟的外来客，南辕北辙地大兜圈子。我发现有异，加以指正。他恼羞成怒，立刻脸红脖子粗，猛踩油门，突转硬弯，在并不十分空荡的路面上蛇行急驶，遇到红灯表演紧急刹车。我看他并没有与我偕亡的意思，大概只是要我受一点刺激，紧张一下而已。为了使他满足，我紧握把手，故做紧张状，好像是准备要和他同归于尽的样子。遇到这样的事，无须惊异，天下是有这等样的人，不过偶然让我遇到罢了。从前人说，同搭一条船便是缘。坐计程车，亦然。遇上什么样的司机也是前缘注定，没得说。

绝大多数司机是和善的。尤其是年纪比较大些的，胖胖墩墩的，一脸的老实相，有些个还颇为健谈。

"老先生哪里人呀？"

"北平。"

"我一听就知道啦。"

"您高寿啦？"

"还小呢，八十出头。"

"喝！"他吓一跳，"保养得好！"

就这样攀谈下去，一直没个完，到我下车为止。更有些个善于看相，劈头就问：

"您在什么地方上班？"

我没作声。他在反光镜中再瞄我一眼，自言自语地说："不像是做官的。"我哼了一声。他又补充一句："也不像做买卖的。"他逗起了我的好奇，我就反问：

"你说我像是干什么的呢？"

"大约是教书的吧？"我听到心头一凛，被他一语摸清了我的底牌。退休了二十年，还没有褪尽穷酸气。

又有一次我看见车里挂着一张优良驾驶奖状，好像是说什么多少年未出事故。我的几句赞扬引出司机的一番不卑不亢的话:"干我们这一行的,唉,要说行车安全,其实我们只有百分之五十的把握",说到这里话一顿,他继续说,"另外百分之五十是操在别人手里。"我深韪其言,其实无论干哪一行,要成功当然靠自己,然而也要看因缘。

小账

> 假如没有小账制度，有钱也是不成，大家都得守规矩，有钱的人和没钱的人不是平等了么？

小账是我们中国的一种坏习惯，在外国许多地方也有小账，但不像我们的小账制度那样的周密、认真、麻烦，常常令人不快。我们在饭馆里除了小账加一之外还要小账，理发洗澡要小账，坐轮船火车要小账，雇汽车要小账，甚而至于坐人力车坐轿子，车夫轿夫也还会要饶一句："道谢两白钱！"

小账制度的讨厌在于小账没有固定的数目，给少了固然要遭白眼，给多了也是不妙，最好是在普通的数目上稍微多加那么一点点，庶几可收给小账之功而不被谥为猪头三。然而这就不容易，这需要有经验，老门槛。

在有些地方，饭馆的小账是省不得的，尤其是在北方，堂倌客气得很，你的小账便也要相当的慷慨。小账加一，甚至加二加三加四加五，堂倌便笑容可掬，鞠躬如也，你才迈出门坎，就听见堂倌直着脖子大叫："送座，小账×元×角！"声音来得雄壮，调门来得高亢，气势来得威武，并且一呼百诺，一阵欢声把你直送出大门口，门口旁边还站着个把肥头胖耳的大块头，满面春风地弯腰打躬。小账之功效，有如此者。假如你的小账给得太少，譬如吃了九角八分面你给大洋一元还说"不用找啦"，那你就准备着看一张丧气的脸罢！堂倌绝不隐恶扬善，他是很公道的，你的"恶"他也要"扬"一下，他会怪声怪气地大吼一声："小账二分……"门外还有人应声："啊！二分！谢谢！"你只好臊不搭地溜之乎也。听说有一个人吃完饭放了二分钱在桌上，堂倌性急了一点儿，大叫"小账二分！"那个人羞恼成怒，把那两分钱拿起来放进衣袋去，堂倌接着又叫"又收回去了！"

一个外国传教师曾记载着：

中国的客栈饭馆和澡堂一类场所有一种规矩，就是在客人付账之后，接受银钱的堂倌一定要高声报告小账的数目，这种规矩表面上好像是替客人拉面子，表示他如何阔绰（或其反面），也确有初次出门的客人这样想的；但实际上是让其他的堂倌们知道，他并没揩什么油，小账是大家平均分配的，经收的他是"涓滴归公"了的。

（见潘光旦先生著：《民族特性与民族卫生》一四五页，商务版）这观察固然是很对的，但是多付小账能有意想不到之效力，也是事实。在饭馆多付几成小账，以后你去了便受特别优待，你要一盘烩虾仁，堂倌便会附耳过来说"二爷，不用吃虾仁了，不新鲜！"虾仁究竟新鲜与否是另一问题，单是这一句话显得多么亲切有味！在澡堂里于六角之外另给小账六角，给过几次之后，你再去，堂倌老远的就望见你，心里说"六角的来了！"

记得老舍先生有一篇小说，提起火车里的查票人的几副面孔，在三等车里两个查票人都板着面孔，在二等车里一个板面孔一个露笑脸，在头等车里两个人都带笑容。我们不能不佩服老舍先生形容尽致。不过你们注意过火车上的小账没有？坐二三等车的人不能省小账，你给了之后茶房还会嘟嘟囔囔地说："请你老再回回手！"你回了手之后，他还要咂嘴摇头，勉强算是饶了你这一遭，并不满意。可是在头等车里很少有此等事，小账随便给，并无闲话听。原因很简单，他不知你是何许人，不敢啰唆。轮船里的大餐间，也有类似情形。陇海线浙赣线均不许茶房收小账，规矩很好，有些花钱的老爷们偏要破坏这规矩，其实是不该的。

考小账制度之所以这样发达，原因不外乎两个，一个是劳苦的工役薪俸太低，一个是有钱的人要凭借金钱的势力去买得格外的舒服。

劳力者的待遇，就一般论，实在太低。出卖劳力的人，一个月的薪俸只有十块八块，这是很普通的事，每月挣五六块的薪金而每月分小账可以分列三五十元，这也是很普通的事。为了贪求小账，劳动者便不能不低声下气地去伺候顾主，这固然也有好处，然而这种制度对于劳动者是不公道的，因为小账近于"恩惠"，而不是应得的报酬。广东有许多地方不要小账，那精神是可取的。要取消小账制度，劳力者的人格才得更受尊敬。在业主方面着想，小账是最好不过，这负担是出自顾客方面，而且因此还可以把业主的负担（薪金）减轻。

富有的人并不嫌小账为多事。常言道："有钱能使鬼推磨。"有钱的人往往就想：我有钱，什么事都办得到，多费几个钱算什么！在北平听过戏的人应该知道所谓"飞票"。好戏上场，总是很晚的，富有阶级的人无须早临而得佳座，因为卖"飞票"的人在门口守候着，拿着预先包销的佳座的票子向你兜售，你只消比戏价多出百分之五十做小账，第二排第三排便随你挑选，假如再多付一点儿小账，等一会儿还会有一小壶特别体己好茶送到你的跟前。有钱的人不必守规矩，钱就是规矩。火车站买票也是苦事，然而老于此道者亦无须着急，尽管到候车室里吸烟品茶，茶房会从票房的后门进去替你办得妥妥帖帖，省你一身大汗，费你几角小账。只要有钱，就有办法。假如没有小账制度，有钱也是不成，大家都得守规矩，有钱的人和没钱的人不是平等了么？

我提议：一、把劳苦的人的工资提高；二、把小账的制度取缔一下，例如饭馆既有堂彩加一的办法，就不必另收小账（改做加二也好）；三、公用机关和大企业要首先倡导打破小账制度，这事说起来容易，一时自然办不到。可是我还要说！

拜年

> 你别自以为众醉独醒,大家的见识是差不多的,谁愿意把两腿弄得清酸,整天价在街上狼奔豕窜?还不是闷得发慌?

拜年不知始自何时。明田汝成《熙朝乐事》:"正月元旦,夙兴盥漱,啖黍糕,谓年年糕;家长少毕拜,姻友投笺互拜,谓拜年。"拜年不会始自明时,不过也不会早,如果早已相习成风,也就不值得特为一记了。尤其是务农人家,到了岁除之时,比较清闲,一年辛苦,透一口气,这时节酒也酿好了,腊肉也腌透了,家祭蒸尝之余,长少毕拜,所谓"新岁为人情所重",大概是自古已然的了。不过演变到姻友投笺互拜,那就是另一回事了。

回忆幼时,过年是很令人心跳的事。平素轻易得不到的享乐与放纵,在这短短几天都能集中实现。但是美中不足、最煞风景的莫过于拜年一事。自己辈份低,见了任何人都只有磕头的份。而纯洁的孩提,心里实在纳闷,为什么要在人家面前匍匐到"头着地"的地步。那时节拜年是以向亲友长辈拜年为限，这份差事为人子弟的是无法推脱的。我只好硬着头皮穿上马褂、缎靴，跨上轿车，按照单子登门去拜年。有些人家"挡驾"，我认为这最知趣；有些人家迎你升堂入室，受你一拜，然后给你一盏甜茶，扯几句淡话，礼毕而退；有些人家把你让到正大厅，内中阒无一人，任你跪在红毡子上朝上磕头，活见鬼！如是者总要跑上三两天。见人就磕头，原是处世妙方，可惜那时不甚了了。

后来年纪渐长，长我一辈两辈的人都很合理地凋谢了，于是每逢过年便不复为拜年一事所苦。自己吃过的苦，也无意再加在自己的儿子身上去。阳春雪霁，携妻室儿女去挤厂甸，冻得手脚发僵，买些琉璃喇叭大糖葫芦，比起奉命拜年到处做磕头虫，岂不有趣得多？

几十年来我已不知拜年为何物。初到台湾时，大家都是惊魂甫定，谈不到年，更谈不到拜年。最近几年来，情形渐渐不对了，大家忽的一窝蜂拜起年来了。天天见面的朋友们也相拜年，下属给长官拜年，邻居给邻居拜年。初一那天，我居住的陋巷真正的途为之塞，交通断绝一二小时。每个人咧着大嘴，拱拱手，说声"恭喜发财"，也不知喜从何处来，财从何处发，如痴如狂，满大街小巷的行尸走肉。一位天主教的神父，见了我也拱起手说"恭喜发财"，出家人尚且如此，在家人复有何说？大家好像是完全忘记了现在是战时，完全忘记了现在《戒严法》《总动员法》都还有效，竟欢喜忘形，创造出这种形式的拜年把戏。我说这是创造，因为这不合古法，也不合西法，而且也不合情理，完全是胡闹。

胡闹而成了风气，想改正便不容易。有一位不肯随波逐流的人，元旦之晨犹拥被高卧，但是禁不住家人催促，只好强勉出门，未能免俗。心里忽然一动，与其游朱门，不如趋蓬户，别人锦上添花，我偏雪中送炭，于是他不去拜上司，反而去拜下属。于是进陋巷，款柴扉，来应门的是一个三尺童子，大概从来没见有这样的人来拜年过，小孩子亦受宠若惊，回头就跑，正好触到一块绊脚石，跌了一跤，脑袋撞在石阶上，鲜血直喷。拜年者和被拜年者慌作一团，送医院急救，一场血光之灾结束了一场拜年的闹剧，可见顺逆之势不可强勉，要拜年还是到很多人都去拜年的地方去拜。

拜年者使得人家门庭若市，对于主人也构成威胁。我看见有人在门前张贴告示："全家出游，恭贺新禧！"有时亦不能收吓阻之效，有些客人便闯进去，则室内高朋满座，香烟缭绕，一桌子的糖果、一地的瓜子皮。使得投笺拜年者反倒显着生分了。在这种场合，剥两只干桂圆，喝几口茶水，也就可以起身，不必一定要像以物出物的楔子，等待下一批客人来把你生顶出去。拜年虽非普通日子访客可比，究竟仍以给人留下吃饭睡觉的时间为宜。

有人向我说："你别自以为众醉独醒，大家的见识是差不多的,谁愿意把两腿弄得清酸,整天价在街上狼奔豕窜?还不是闷得发慌?到了新正,荒斋之内举目皆非,想想家乡不堪闻问,瞻望将来则有的说有望,有的说无望,有的心里无望而嘴巴里却说有望。望,望,望,我们望了十多年了,以后不知还要再望多么久。人是血肉做的,一生有几个十多年?过年放假,家中闲坐,闷得发慌,会要得病的,所以这才追随大家之后,街上跑跑,串串门子,不为无益之事,何以遣有涯之生?谁还真个要给谁拜年?拜年?想得好!兴奋之后便是麻痹,难得大家兴奋一下。"

这样说来,拜年岂不是成了一种"苦闷的象征"?

碎片

辑二

乘凉闲话,直聊到星稀斗横、风轻露重……

写信难

> 因为见了面,可以天上地下,李家长张家短,海阔天空,多么痛快!谁耐烦用充塞拥挤的心情去写那写也写不痛快的八行书?

我因为懒得写信,常被朋友们骂。自己也知道是一个毛病,可是改不了。有些人根本不当回事,倒也罢了,我却是一方面提不起笔,一方面却又老惦记着一件大事没做。单单写信,我这一生仿佛就没有如释重负的时候了。我不十分有保存信的习惯,可是我已经存了不止千八百封,这不是为保存,而是为了想答复。虽然遥遥无期。

因为自己有这样一个毛病,就每每推想别个同病的人到底为什么会懒得写信。照我们现在想,大抵不外几个原因:一是写信也要有物质基础,如果文房四宝不太方便,有笔无墨,或笔墨虽有,而墨的胶性太大,笔头又摇摇欲坠,像驾着老牛破车一样,游兴无论多么大,也要索然而返了。纸也很要紧,不要说草纸不能写信,就是宣纸道林纸,假若大小不一,颜色不齐,厚薄不均，也会扫写信的兴。或者说用钢笔不就得了么？然而钢笔又有钢笔的难处，不好用的钢笔，用起来比什么都吃力，写不上二三字，又废然了。钢笔头容易变成叉子，到那时恐怕除了画平行线以外，什么也写不出。钢笔杆容易让手指上起一个疙瘩，如果不是大力在后，谁也不愿意去忍痛写信。自来水笔似乎好了，而美国货太贵，国货又不敢领教。坏的自来水笔容易漏水，不是满手有入染坊之嫌，就是信纸会变成汪洋一片，这也败人的兴了。钢笔的问题纵解决，而墨水又成问题，墨水的上层每每清淡如水，写上去若有若无，用到下层时却又有浓得化不开之虞。在换一瓶不同牌子的墨水去用的时候，据说又会让第二瓶墨水起了化学作用，究竟什么化学作用，我们不清楚，可是写在纸上，字形却不太真了。文房四宝的难关已经如此，如果再加上邮票时刻涨价，每涨一次价，写信的兴致就淡一层。邮票方便，有时确是叫人爱写信的，随便一写，随便一贴，随便一丢，飘飘然，牢骚或者温情是可以达到友好之手了。因此，爱写信的朋友常常早买一批邮票，到了时候一贴。我还见过一位小朋友，他是预备得更周到，把邮票早贴到信封上。别人如果借他的信封用，大概也就同时省了一点物力时力。现在却不行了，早买下邮票吧，几天一涨，旧邮票立刻落伍，贴满了信封，也不够数。我现在就存下不少一元、二元、十元、五十元的邮票，眼看一百元、五百元的邮票又要打到冷宫里了。这样一来，谁愿意早预备邮票，不早预备邮票，写信的事业又受了挫折。

上面所说，都是写信一事的物质基础。另外却也有一些不利于写信的因素。一个人的表现方式，原是有惯性的，如果业已惯于用某一种方式了，大抵不太重视其他的方式。例如一个惯于用日记表现自己的人，每天日记数千言，他大概不再写什么文章了。反之，一个爱好长篇巨制的人，他的日记也势必至如流水账一样简陋。我总觉得爱讲话的人，就未必爱写信。因为见了面，可以天上地下，李家长张家短，海阔天空，多么痛快！谁耐烦用充塞拥挤的心情去写那写也写不痛快的八行书？

再则写信与年龄也有关，中学生都是擅长写长信的。老舍说中学生的恋爱只能在半脖子泥写情书的状态下进行，一点儿也不错。谁能怪中学生的时代正是诗人的时代，哲人的时代，情人的时代呢？中学以上，随着这些黄金时代的消失，而信也渐渐变短。大学毕了业，大概就只余下八行，八行也尽多的了。不是么？

写信又和性别有关，男子大概在这上面要见细一点儿。在同一个公事房里，互递纸条来谩骂或传情，只有女职员才这样做。收到一封不识者的来信，只说讨厌，而心中急于拆阅，并且纵然不理，然而希望不久就再继续收到，这才只有女性为然。我有一次，在飞机上，见许多人欠伸欲睡，许多人恶心要吐，可是就有一位客人，在铺上小手提包，伏着身子写信，不用问，那也只有一位小姐可以做得出。小姐似乎为写信看信而活着，大概这话没有毛病。

如果不把写信当做一回事的人，有时却也容易写信。因为应酬的信是有套子的。纵然不必搬了尺牍大全照抄，而耳触目染，却也已经容易得腐词滥调的训练。可也要写一封有情趣的信，虽不必希望让人的子孙将来保存成墨宝，但至少不愿意落入言不由衷的恶札，就大大不易了。孙过庭在《书谱》上讲写好字的条件之一是"偶然欲书"，这也就是兴会。现在何世？兴会何来？倘见一二知己，真要抱头大哭，实在缺乏写寸笺的"偶然欲书"的心情了！

　　写信也许是擅长应付实际生活的人的本领之一，我每见许多有为之士，有信必发，有时迟了一年半载，但也必须写出奉读某月某日手书的字样，仿佛他特别关心，又特别强记，叫收信的人既感而且佩。这种人大概是一饭三吐哺、一沐三握发的类型里的。反过来，假若居今之世，还不晓得钱的有用，衣冠也不能整齐，不想为世所知，自己也几乎忘了世界，此不实际之尤，对写信也就生疏了。

　　我虽然找了这许多理由，但自己省察下去，其中并没有一个理由和自己真正相合。糟糕的是，我竟天天惦记着给人写信，然而债台高筑，日增不已，自己的歉疚也就不已，大概是古人所谓"重伤"了。

我所望于我的芳邻者：留声机问题

> 我所望于我的芳邻者，就是，有一天，自不小心，把唱片打得粉碎！

孟子[①]曰："里仁为美。"我现在住的这个"里"就可以说是美了。弄底的那一家芳邻，很喜欢研究音乐，特别的是我们国粹的音乐，当然这是一件很值得鼓励的事。我们教孩子读书，购买书笔纸墨的费用，总是不能省的。所以这家芳邻，为研究音乐起见，置备了一个留声机，我觉得也不算是过分，而并且觉得是一种有出息的表示。但是，人类的耳鼓仅是薄薄的一层膜，还不如牛皮那样的坚韧，所以禁不起整天整夜的强烈的声浪的震动。这是人类生理上极大的一个缺憾。我的那家芳邻，对于我的这种缺憾，似乎很不能原谅。早晨七八点的时候，那家芳邻的留声机开始了。"我……好……比……浅……水……龙……"把我惊醒了。这时候，我只是叹服这一家人的勤学不倦。

[①] 应为"孔子"。——编者注

夜晚十一二点的时候,那家芳邻已然唱到"我……好……比……笼……中……鸟……"了。这时候,我有一种感想,那个留声机恐怕是租赁来的,一天到晚地不可停唱。

要说我们不费分文,天天时时刻刻地听唱戏,我们应该感激人家。人家每逢开留声机的时候,总是八窗洞开,表示与民同乐的意思。但我是一个不知足的人,常有不情之请,希望人家多预备一两张片子。其实我那芳邻的收藏也总算可观了,片子有五六张之多,如《探母》,如《梅花三弄》,如《大鼓》,应有尽有,轮流演唱,决不该觉得厌烦。但我常想,纠合全弄的住户,捐几个钱,买一两张片子送给那家芳邻。我疑心那家芳邻对留声机结不解缘,恐怕是由于一种"复杂",在变态心理的范围以内了。再不然,就许是奉有他们尊大人的遗嘱,日夜演唱,所以超度亡魂。但是,我们没有亡的魂,如何禁得起这样的超度。我屡次地想联合全弄的房客,上一个条陈,请他们在开演留声机的时候,五分钟前,按户通知,年轻力壮的人立刻跑出弄外暂避,老耄婴孩则通通用棉花把耳朵塞住。如此,大家方便。但是,人家要开留声机是人家的自由,为什么要预先通知你?并且人家一天要开八百二十次,每次要通知你,恐将不胜其烦。所以我对我的芳邻决不想作任何方式的干涉。我所望于我的芳邻者,就是,有一天,自不小心,把唱片打得粉碎!

我看电视

> 看电视我多半是为娱乐，杀时间。但是有时亦适得其反，恶心。

有人问我看不看电视。

我说我看。不过我在扭接电视之前，先提醒我自己几件事。

第一，电视公司不是我开的，所以我不能指挥他们播出什么样的节目。电视节目就好像是餐馆的"定食"（唯一的一组和菜），吃不吃由你，你不能点菜。当然，有几个频道可供选择。可是内容通常都差不多，实在也没有什么选择。

第二，看电视的不止我一个人。看各处屋顶上扎煞着的一排排鱼骨天线，即可知其观众如何的广大。其中有老有少，有男有女，有君子小人，有贤愚智不肖，他们的口味自然不大相同，而电视制作必须要在他们的不同口味之中找出"公分母"，播映出来的节目要老少咸宜雅俗共赏。其结果可能是里外不讨好，有人嫌太雅，又有人嫌太俗。所以做节目的人，不但左右为难，而且上下交责，自己良心也往往忐忑不安，他们这份差事不容易当。

　　第三，电视是一种买卖生意。在商言商，当然要牟利。观众是买主，可是观众并未买票。天下焉有看白戏的道理？可是观众又是非要不可的。天下焉有不要观众的戏？于是电视另有生财之道，招登广告。电视广告费是以秒计的，离日进斗金的目标也许不会太远。广告商舍得花大钱登广告，又有他们的打算，利用广告心理招引观众买他们的货物。观众通常是不爱看广告的，尤其是插在节目中间的广告，不但扫兴，简直是讨厌。可是我们必须忍受，因为事实上是广告商招待我们看戏。

　　提醒自己上述几点之后就可以大模大样地看电视了。看电视当然也有一个架势。不远不近的有个座位，灯光要调整好，泡碗好茶，配上一些闲食零嘴。"TV 餐"倒不必要，很少人为了贪看电视像英国十八世纪三文治伯爵因舍不得离开赌桌而吃三文治（TV 餐不高明，远不及三文治）。美国的标准电视零食是爆玉米花或炸洋芋片。按我们中国人的口味，似乎金圣叹临刑所说"花生米与豆腐干同食大有胡桃滋味"确是不无道理。

　　看不多久，广告来了。你有没有脚气，你是否患了感冒，你要不要滋补，你想不想像狼豹一般在田野飞驰？有些广告画面优美，也有些恶声恶相。广告时间就可以闭目养神，即使打个盹也没有多大损失，有时候真的呼呼大睡起来。平素失眠的人在电视前是容易入睡。

　　看电视我多半是为娱乐，杀时间。但是有时亦适得其反，恶心。哭哭啼啼的没完没结，动不动的就是眼泪直流，不是令人心酸，是令人反胃，更难堪的是笑剧穿插。很少喜剧演员能保持正常的人的面孔。不是狞眉皱眼，就是龇牙咧嘴，再不就是佝腰缩颈，走起路来欹里歪斜，好像非如此不能引起大家的欢笑。当年文明戏盛行的时候，几乎所有丑角都犯一种毛病，无缘无故地就跌一跤，或是故作口吃，观众就会觉得好玩。如今时代进步，但是喜剧方面仍然特别得有才难之叹。

我事先提醒了自己，所以我感觉电视可以不必再观赏下去的时候，便轻轻地把它关掉。我不口出恶声，当然更不会有像传说中的砸烂荧幕的那样蠢事。好来好散，不伤和气。

光是挑剔而不赞美是不公道的，电视也给了我不少的快乐。我喜欢看新闻，百闻不如一见。例如报载某地火山爆发，就不如在电视上看那山崩地裂岩浆泛滥的奇景。火烧大楼、连环车祸，种种触目惊心的景象，都由电视送到目前。许多名流新贵，我耳闻其名而未曾识荆，无从拜见其尊容，在电视上便可以（而且是经常不断的）瞻仰他的相貌，多半是"天庭饱满，地阁方圆"。警察捕获的盗贼罪犯，自然又是泰半是獐头鼠目的角色，见识一下也好（不过很奇怪，其中也有眉清目秀方面大耳的）。美国俚语，称上电视人员所使用的提词牌为"低能牌"，我不知道我们的一些上电视的公务人员在接受访问或发表谈话的时候，是否也使用"低能牌"，按说在他职掌范围之内的材料应该是滚瓜烂熟的，不至于低能到非照本宣科不可。如果使用低能牌，便会露出低能相。

新闻过后便是所谓黄金时段。惭愧得很,这也正是我准备就寝的时候。不过真正好的连续剧,不是虚晃一招的花拳绣腿的武打,而是比较有一点深度的弘扬人性的戏,也可以使我牺牲一两个小时的睡眠。即使里面有一点或很多说教的意味,我也能勉强忍耐。这样的好戏不常见。

我对于野兽生活的片子很感兴趣。野兽是我们人类的远亲,久不闻问了。他们这些支族繁殖不旺,有的且面临绝种。我逛动物园,每每想起我们"北京人"时代的环境与生活,真正的发思苦之幽情。看电视所播的野兽生活,格外地惊心动魄。我并不向往非洲的大狩猎。于今之世我们不该打猎了。地球面积够大,让他们也活下去吧。

我国的旧戏早就在走下坡路。我因为从小就爱看戏,至今不能忘情。种种不便,难得出去看一回戏,在电视上却有缘看到大约百出以上的戏,其中颇有几出是前所未见的。新编的戏我不太热心,我要看旧的戏,注意的是演员的唱与作。我发现了一位武生特别的功夫扎实气度不凡。我在楼上写作,菁清就会冲上楼来,拉起我就走,连呼:"快,快,你喜欢的《挑滑车》上映了!"我只好搁下笔和她一同欣赏电视上的《挑滑车》。电视前看戏,当然不及在舞台前,然而也差强人意了。

电视开始那一年就有有关烹饪示范的节目,我也一直要看这个节目。我不是想学手艺,因为我在这方面没有才能和野心,可是我看主持人的刀法实在利落，割鸡去骨悉中肯綮，操作程序有条不紊，衷心不但佩服而且喜悦。可惜播放时间屡次更动，我常失去观赏的机会。

　　运动节目也煞是好看。足球（不是橄榄球）、篮球、棒球的重要比赛，尤其是国际性的，我不肯轻易放过。前几年少棒队驰誉国际，半夜三更起来观看电视现场播映的观众，其中有一个是我。

房东与房客

> 房东、房客如此之不相容，租赁的关系不是很容易决裂的吗？啊不，比离婚还难。

狗见了猫，猫见了耗子，全没有好气，总不免怒目相视、龇牙咧嘴，一场格斗了事。上天生物就是这样，生生相克，总得斗。房东与房客，或房客与房东，其间的关系也是同样的不祥。在房东眼里，房客很少有好东西；在房客眼里，房东根本就没有一个好东西。利害冲突，彼此很难维持人与人之间应有的常态。

房东的哲学往往是这样的："来看房的那个人，看样子就面生可疑。我的房子能随便租给人？租给他开白面房子怎么办？将来非找个妥保不可。你看他那个神儿！房子的间架矮哩，院子窄哩，地点偏哩，房租贵哩，褒贬得一文不值，好像是谁请他来住似的！你不合适不会不住？我说得清清楚楚，你没有家眷我可不租，他说他有。我问他是干什么的，他死不张嘴，再不就是吞吞吐吐，八成不是好人。可是后来我还是租给他了。他往里一搬，哎呀，怎那么多人口，也不知究竟是几家子？瘪嘴的老太太有好几位,孩子一大串,兔儿爷似的一个比一个高。住了没有几个月,房子糟蹋得不成样子,雪白的墙角上他堆煤,披麻绿油的影壁上画了粉笔的飞机与乌龟,砖缝里的草长了一人多高,沟眼也堵死了,水龙头也歪了,地板上的油漆也磨光了,天花板也熏黑了,玻璃窗也用高丽纸铜补了,门环子也掉了……唉,简直是遭劫!房租到期还要拖欠,早一天取固然不成,过几天取也常要碰钉子,'过两天再来吧','下月一起付罢','太太不在家','先付半个月的罢','我们还没有发薪哪,发了薪给你送去'……好,房租取不到,还得白跑道,腿杆儿都跑细了。他不给租钱,还挺横,你去取租的时候,他就叫你蹲在门口儿,砰的一声把大门关上了,好像是你欠他的钱!也有到时候把房租送上门来的,这主儿更难缠,说不定他早做了二房东,他怕我去调查。租人家的房子住人的,有几个是有良心的?……"

房客的哲学又是一套:"这房东的房子多得很,'吃瓦片儿的',任事不做,靠房钱吃饭。这房子一点儿也不合局,我要是有钱决不租这样的房子,我是凑合着住。一进门就是三份儿,一房一茶一打扫,比阎王还凶。没法子,给你。还要打铺保?我人地生疏,哪里找保去?难道我还能把你的房子吃掉不成?你问我家里人口多不多?你管得着么?难道房东还带查户口?'不准转租',我自己还不够住的呢!可是我要把南房腾空转租,你也管不了,反正我不欠你的房租。'不准拖欠',噫,我要是有钱我决不拖欠。这个月我迟领了几天薪,房东就三天两头儿地找上门来,好像是有几年没付房钱似的,搅得我一家不安。谁没有个手头儿发窘?何苦!房钱错了一天也不行,急如星火,可是那天下雨房漏了,打了八次电话,他也不派人来修,把我的被褥都湿脏了。阴沟堵住了,院里积了一汪子水,也不来修。门环掉了,都是我自己找人修的。他还觍着脸催房钱!无耻!我住了这样久,没糟踢你一间房子,墙、柱子都好好的,没摘过你一扇门、一扇窗子,还要怎样?这样的房客你哪里找去?……"

房东、房客如此之不相容,租赁的关系不是很容易决裂的吗?啊不,比离婚还难。房东虽然不好,房子还是要住的;房客虽然不好,房子不能不由他住。主客之间永远是紧张的,谁也不把谁当作君子看。

这还是承平时代的情形。在通货膨胀的时代,双方的无名火都提高了好几十丈,提起了对方的时候恐怕牙都要发痒。

房东的哲学要追加这样一部分:"你这几个房钱够干什么的?你以后不必给房钱了,每个月给我几个烧饼好了。一开口就是'老房客',老房客就该白住房?你也打听打听现在的市价,顶费要几条几条的,房租要一袋一袋的,我的房租不到市价的十分之一,人不可没有良心。你嫌贵,你别处租租试试看。你说年头不好,你没有钱,你可以住小房呀!谁叫你住这么大的一所?没有钱,就该找三间房忍着去,你还要场面?你要是一个钱都没有,就该白住房么?我一家子指着房钱吃饭哪!你也不是我的儿子,我为什么让你白住?……"

房客方面也追加理由如下:"我这么多年没欠过租,我们的友谊要紧。房钱不是没有涨过,我自动地还给你涨过一次呢,要说是市价一间一袋的话,那不合法,那是高抬物价,市侩作风,说到哪里也是你没理。人不可不知足。你要涨到多少才叫够?我的薪水也并没有跟着物价涨。才几个月的工夫,又啰唆着要涨房租,亏你说得出口!你是房东、资产阶级,你不知没房住的苦,何必在穷人身上打算盘?不用废话了,等我的薪水下次调整,也给你加一点儿,多少总得加你一点儿,这个月还是这么多,你爱拿不拿!你不拿,我放在提存处去,不是我欠租……"

闹到这个地步,关系该断绝了罢?啊不。房客赌气搬家,不,这个气赌不得,赌财不赌气。房东撵房客搬家,更不行,撵人搬家是最伤天害理的事,谁也不同情,而且事实上也撵不动,房客像是生了根一般。打官司么?房东心里明白:请律师递状、开庭、试行和解、开庭辩论、宣判、二审、三审、执行,这一套程序不要两年也得一年半,不合算。没法子,怄罢。房东和房客就这样地在怄着。

世界上就没有人懂得一点儿宾主之谊、客客气气、好来好散的么?有。不过那是在"君子国"里。

搬家

> 假使孟母生于今日,卜居一大城市之中,恐怕非一日一迁不可。

人讥笑我,说我大概是吃了耗子药,否则怎么会五年之内搬了三次家。搬家是辛苦事。除非是真的家徒四壁,任谁都会蓄积一些弃之可惜留之无用的东西,到了搬家的时候才最感觉到累赘。小时候师长就谆谆告诫不可暴殄天物,常引陶侃竹头木屑的故事为例,所以长大了之后很难改除收藏废物的习惯,日积月累,满坑满谷全是东西。其中一部分还怪不得我,都是朋友们的宠锡嘉贶,有些还真是近似"白象",也不管蜗居逼仄到什么地步,一头接着一头的"白象"接踵而来,常常是在拜领之后就进了储藏室或是束之高阁。到了搬家的时候,陈谷子烂芝麻一齐出仓,还是哪一样都舍不得丢。没办法,照搬。我认识一个人,他也是有这个爱惜物资的老毛病,当年他到外国读书,订购牛奶每天一瓶,喝完牛奶之后觉得那瓶子实在可爱,洗干净之后通明剔透,舍不得丢进垃圾桶,就放在屋角,久而久之成了一大堆,地板有压坏之虞，无法处理，最后花一笔钱才请人为之清除。我倒不至于这样的痴，可是毛病也不少。别的不提，单说朋友们的来信，我照例往一只抽屉里一丢，并非庋藏，可是一抽屉一抽屉的塞得结结实实，难道搬家时也带了走？要想审阅一遍去芜存菁，那工程也很浩大，无已，硬着头皮选出少数的存留，剩下的大部分的朵云华笺最好是付之丙丁，然而那要构成空气污染也于心不忍，只好弃之，好在内中并无机密。我还听说有一位先生，每天看完报纸必定折叠整齐，一天一沓，一月一捆，久之堆积到充栋的地步，一日行经其下，报纸堆突然倒坍，老先生压在底下受伤竟至不治。我每次搬家必定割舍许多平素不肯抛弃的东西，可叹的是旧的才去新的又来。

搬一次家要动员好多人力。我小时在北平有过两次搬家的经验。大敞车、排子车、人力车，外加十个八个"窝脖儿的"，忙活十天半个月才暂告段落。所谓"窝脖儿的"，也许有人还没听说过，凡是精致的家具，如全堂的紫檀、大理石心的硬木桌椅，以至于玻璃罩的大座钟和穿衣镜等等，都禁不得磕碰，不能用车运送，就是雕花的柜橱之类也不能上车。于是要雇请"窝脖儿的"来任艰巨。顾名思义，他的运输工具主要的就是他的脖颈。他把头低下来，用一块麻包之类的东西垫在他的脖颈上，再加上一块夹板，几百斤重的东西架在他的脖子上，他伸出两手扶着，就健步如飞地上路了。我曾察看他的脖子，与众不同，有一大块青紫的肉坟起如驼峰，是这一行业的标记。后来有所谓搬场公司，这一行就没落了。可是据我的经验，所谓搬场公司虽然扬言服务周到，打个电话就来，可是事到临头，三五个粗壮大汉七手八脚地像拆除大队似的把东西塞满大卡车、小发财，一声吆喝，风驰电掣而去，这时候我便不由地想起从前的"窝脖儿的"那一行业。搬一次家，家具缺胳膊短腿是保不齐的，至若碰瘪几个坑、擦掉几块漆，那是题中应有之义，可以算作是一种折旧。如果搬家也可以用货柜制度该有多好，即使有人要在你忙乱之际顺手牵羊，也将无所施其技。

搬一次家如生一场病，好久好久才能苏息过来，又好久好久才能习惯下来。这一切都没有什么可怨的，只要有个地方可以栖迟也就罢了。我从小到大，居住的地方越搬越小，从前有个三进五进外加几个跨院，如今则以坪计。喜乐先生给我画过一幅《故居图》，是极高明的一幅界画，于俯瞰透视之中绘出平昔宴居之趣，悬在壁上不时地撩起我的故园之思，而那旧式的庭院也是值得怀念的。如今我的家越搬越高，搬到了十几层之上，在这一点上倒是名副其实的乔迁。

俗话说"千金买房，万金买邻"，旨哉言也。孟母三迁，还不是为了邻居不大理想？假使孟母生于今日，卜居一大城市之中，恐怕非一日一迁不可。孟母三迁，首先是因为其舍近墓，后来迁居市傍，其地又为贾人炫卖之所，最后徙居学宫之傍，才决定安居下去。"昔孟母，择邻处"，主要是为了孩子，怕孩子受环境影响，似尚不曾考虑环境的安宁、卫生等等条件。

如今择邻而处，真是万难。我如今的住处，左也是学宫，右也是学宫，几曾见有"设俎豆揖让进退之事"？时常是唬聒之声盈耳，再不就是操场上的扩音喇叭疯狂地叫喊。贾人炫卖更是常事，如果楼下没有修理汽车的小肆之夜以继日的敲敲打打就算是万幸了。我住的地方位于台北盆地之中，四面是山，应该是有"山花如水净，山鸟与云闲"（王荆公诗）的景致，但是不，远山常为雾罩，眼前看到的全是栉比鳞次的鸽子笼。而且千不该万不该我买了一具望远镜，等到天朗气清之日向远山望去，哇！全是累累的坟墓。我想起洛阳北门外有北邙山，"北邙山头少闲土，尽是洛阳人旧墓"（王建诗），城外多少土馒头，城内多少馒头馅，亘古如斯，倒也不是什么值得特别感慨的事。不过我住的地方是傍着一条交通孔道，早早晚晚车如流水，轰轰隆隆，其中最令人心惊的莫过于丧车。张籍诗："洛阳北门北邙道，丧车辚辚入秋草。"我所听到的声音不只是辚辚，于辚辚之外还有锣、鼓、喇叭、唢呐，以及不知名的敲打吹腔的乐器，有不成节奏的节奏和不成腔调的腔调。不过有一回我听出了所奏的是《苏武牧羊》。这种乐队车常不止一辆，场面大的可能有十辆八辆，南管北管、洋鼓洋号各显其能。这种大出丧、小出丧，若遇黄道吉日，一天可能有几十档子由我楼下经过。有人来贺新居问我，住在这样的地方听这种声音，是不是不大吉利。我说，这有什么不吉利。想起王荆公一首五古《两山间》，其中有这样几句：

我欲抛山去,山仍劝我还。
祇应身后冢,亦是眼中山。
且复依山住,归鞍未可攀。

好容易过了端午节

> 柴，米，两项大宗的账，不能不还的。但是店铺也真太不原谅人，还账只准用钱还，而我所缺乏的只是钱。

好容易过了端午节！我昨天一天以内，因为受了精神上压迫，头部和背部流出来的汗，聚在一起，恐怕要在一加仑①以上。为什么要在端午节那天出这些汗呢？这就一言难尽了，容我分作许多言来说罢。

过端午节，吃粽子，喝雄黄酒，悬菖蒲，这些事都很足以令人乐观，做起来也无须出汗。但是除此以外，还有一件极重大的事，先生小姐们，这件事在你们也许不大理会，但是在我就是一件性命交关的事，这件事便是还账！柴，米，两项大宗的账，不能不还的。但是店铺也真太不原谅人，还账只准用钱还，而我所缺乏的只是钱。

---

① 1加仑（英）= 4.54609升。——编者注

一清早，叩门声甚急。我战战兢兢地开了门，只见一位着短衣的人，手里拿着一张纸条，问我："这里是姓王①吗？"我登时面无人色，吞吞吐吐地从喉咙深处哼出一声："是的！"我伸手把纸条接过来，心里想着也不必看了，一定是来要钱的。我懒洋洋地走上楼，像是小孩子上学似的，一步一步地挨着走，心里真有一点悲哀。前天到当铺里当得五块钱，这一笔账还可以付，第二笔便无法付了。我把钱拿在手里，低头一看账单，咦！哪里是一张账单，上面分明写着："王兄：兹送上枇杷一筐，诸希哂纳是幸。弟李思缘拜。"原来李先生送节礼来了。我笑了。

"喂，你把那筐枇杷拿进来吧……这是给你的酒力钱……回去谢谢李先生啊！……"

那个人笑嘻嘻的，我也笑嘻嘻的。那个人看了我一眼，我可是没有敢望他。他走了。我也上了楼，把那五块宝贝钱重新收起，把一颗枇杷塞进口内。

嗒！嗒！嗒！又有人叫门了。我自己明白，这一回恐怕逃不过去。我怕吓破了胆子，力求我的太太下楼去开门，她倒胆大，把门开了，只见挤进了半个戴绿帽穿绿衣的人。因为我的太太只开了半尺来宽的门缝，所以只挤进了半个人，还有半个在门外。

"你有什么事？"

---

① 此或为作者笔误，或为作者借用他人的经历，为保持原文完整性，故不做修改。——编者注

那半个人说:"我来拜节。"

一角钱从我的太太的衣袋里走了出去,那半个人从大门缝退了出去。

平平安安地又过了半点钟。忽的又有人叫门了!大门开处,只见又有半个戴绿帽穿绿衣的人挤了进来。他说他也是来拜节的。我心里猜想,一定是方才没有挤进来的那半个人。经我严重质问之后,才知道他是送快信的,与方才来的那半个人不是一回事。于是乎我又付了一角钱的拜节账。

我的太太曰:"讨账的虽尚未来,而拜节的则纷至不已,呜呼,此地岂可久居?"

我曰:"然则走乎?"

我们走了。走到一个顶远的地方,走出了许多的时候,天黑了,我们回来,娘姨表示热烈的欢迎,她说:"啊哟哟!柴店和米店的伙计自从你们走后就来了,守候了一天,饿不过才走的……"

我就这样地战胜了端午节。

我的暑假生活是怎样过的

> 暑假伊始,我本来是立有大志的,其规模虽然比不上什么三年计划、五年计划之类,却也条举目张,要克期计功。现在加以清算,我的暑假作业怕是不能及格了。

儿时英文作文教师喜欢出的作文题目之一,便是"我的暑假是怎样过的?"。记得当时抓耳挠腮,搜索枯肠,窘困万状,但仍不能不凑出几百字塞责交卷。小孩子的暑假还有什么新鲜的过法?总不外吃喝玩乐。要撰文记述,自不免觉得枯涩乏味。现在我年近五十,仍操粉笔生涯,今年暑假是怎样过去的,颇觉得有一点迷迷糊糊。眼看着就要开学,于是自动地给自己出下这样一个题目,择记几件小事,都平凡琐屑无比,并不惊人,总算给我的暑假做一结束。

暑假伊始,我本来是立有大志的,其规模虽然比不上什么三年计划、五年计划之类,却也条举目张,要克期计功。现在加以清算,我的暑假作业怕是不能及格了。推其原因,当然照例是"环境不良,心绪恶劣"八个字。其实环境也不算太不良,虽然每天侵晨飞机一群擦着房檐过去。有时郊外隐闻炮声,还有时要在街头打死几个学生,颁布《戒严令》,但是究竟从来没有炮弹碎片落在自己头上,这环境也可以算得是很安谧了。心绪确是近于恶劣,但也是自找,既无疾病缠绵,亦无断炊情事,如果稍微相信一点唯物论,大可以思想前进,决无苦闷。可惜的是,自己隐隐然还有一颗心,外界的波澜,不能不掀动内心的荡漾,极小的一件事也可以使人终日寡欢,所以工作成绩也就微小得不值一提了。

一放暑假,一群孩子背着铺盖卷回家,这是一厄!一家团聚,应该是一种享受天伦之乐的机会,但是平空忽来壮丁就食,家庭收支立刻发现赤字,难以弥补,而赡养义务又是义不容辞的。这是颇费周章的一件事。可恨的是,孩子们既无杨妹①的技能,又无颜回的操守,粗茶淡饭之后,一个个地唉声叹气,嚷着"嘴里要淡出鸟儿来"!在我这一方面,生活也大受干扰,好像是有一群流亡学生侵入住宅,吃起东西来像一队蝗虫,谈天说笑像是一塘青蛙,出出进进,熙熙攘攘。清早起来马桶永远有人占着座儿,衣服、袜子、书籍、纸笔狼藉满屋,好像是才遭洗劫,一张报纸揉得稀烂,彼此之间有时还要制造摩擦。饶这样,还

---

① 又称杨妹子,原名杨娃,南宋会稽人。宋宁宗恭圣皇后之妹,以艺文技能供奉内庭。——编者注

不敢盼着暑假早日结束，暑假一终止，另一灾难到来，学杂膳宿，共二十七袋面！

还有一桩年年暑期里逃不脱的罪过，学校要招生。招生要监考，监考也不要紧，顶多是考生打翻墨水壶的时候你站远点，免得溅一腿；考生问"抄题不抄题"的时候使你恶心一下。考完要看卷子，看卷子也不要紧，捏着鼻子看，总有看完的一天，离奇的答案有时使人笑得肚子疼，离奇的试题有时使人不好意思笑出声来，都还有趣。最伤脑筋的是招生之际总有几位亲友手提着两罐茶叶、一筐水果登门拜访，扭扭捏捏地说孩子要考您那个大学您那个系，求您多多关照。好像那个学房铺是我开的似的！如果我开诚布公地对他说，我实在心有余而力不足，题目不是一个人出，卷子不是一个人看，其间还有弥封暗码，最后还要开会公决，要想舞一点弊是几乎不可能，这套话算是白说，他死也不信。"大家都是中国人，打什么官腔？""你这是推托，干脆说不管好了，不够朋友！""帮人一步忙，就怕树叶儿打了脑袋？"再说就更不好听了："谁没有儿女？谁也保不住不求人。这点小事都不肯为力，'房顶开门，六亲不认'！"如果我答应下来，榜发之时十九是名落孙山，没脸见人。这样的苦头我年年都要吃，一年一度，牢不可破，能推的推了，不能推的昧着良心答应下来，反正结果是得罪人。今年得高人指点，应付较为得宜。接受请托之际，还他一个模棱答案，"您老的事我还能不尽力！您真是太见外了。不过有一句话得说在前头。令郎的成绩若是差个一星半点的,十分八分的,兄弟有个小面子,这事算包在我身上了,准保能给取上,不过,若是差得太多,公事上可交代不下去,莫怪我力不从心。"对方听了觉得入情入理,一定满意。之后,对方还照例要来一封八行书,几回电话,一再叮咛,这都不慌。等到快发榜的前夕,可要把握时机,少不得要到学校里钻营一番,如果确知考取了,赶快在榜发之前至少十分钟打一电话给他老人家:"恭喜,恭喜!令郎的成绩好,倒不是小弟的力量……"他一定认为是你的力量,他相信人情、面子。如果没有考取,不怕,也在发榜之前十分钟打一电话,虽然是噩耗,而能在发榜之前就得到消息,这人情是托到家了。事后再赶快抄一张他这位世兄的成绩表,"英文零分,数学两分,国文十五分……实在没有办法,抱歉之至!"这办法不得罪人。

还有更难应付的问题,一到暑假,正是"毕业即失业"的季候,年轻小伙子总觉得教书的先生许有点办法,于是前来登门拜谒,请求介绍职业。其实教书的先生正是因为在人事上毫无办法,所以才来教书,否则早就学优而仕了。所以每有学生一手持履历片,一手拿点什么小小的礼物之类,我一见便伤心不只从一处来,一面痛恨自己的不中用,一面惋惜来者之找错了人。

长夏无俚,难道没有一点赏心乐事?当然也有,晚饭后,瓜棚豆架(确切地说,今年我家瓜无棚豆无架,全是就地插的!)泡上一大壶酽茶,一家人分据几把破藤椅,乘凉闲话,直聊到星稀斗横、风轻露重，然后贸贸然踱到屋里倒头便睡——这是一天里最快活的一段时间。白天就没有这样清闲，多少鸡毛蒜皮的琐碎事，多少语言无味面目可憎的人，把你的时间切得寸断，把你的心戳成马蜂窝！你休想安心，休想放心，休想专心，更休想开心！

有人主张暑假里到一个风景优美的地方去避暑，什么北戴河、青岛，都是好地方，至不济到郊外山上租几间屋子，也可暂避尘嚣。这种主张当然是非常正确，谁也不预备反驳。北戴河、青岛如今都不景气，而且离前线也太近，殊非养生之道，远不及莫干山、庐山。我今年避暑的所在，和几十年来的一样，是在红尘万丈、火伞高张的城里，风景差一点，可是也并未中暑。

我的暑假就这样地过去了，好歹把孩子们打发上学了。明年的暑假能不能这样平安度过，谁知道？

岁月

辑三

我问青山，青山凝妆不语；
我问流水，流水呜咽不答。

槐园梦忆（三）

> 她说话的声音之柔和清脆是我所从未听到过的。形容歌声之美往往用"珠圆玉润"四字，实在是非常恰当。

季淑于女高师的师范本科毕业之后，立刻就得到一份职业。由于她的女红特佳，长于刺绣，她的一位同学欧淑贞女士任女子职业学校校长，约她去担任教师。我就是在这个时候认识她的。

我们认识的经过是由于她的同学好友黄淑贞（湘翘）女士的介绍，"取妻如何，匪媒不得"。淑贞的父亲黄运兴先生和我父亲是金兰之交，他是湖南沅陵人，同在京师警察厅服务，为人公正率直而有见识，我父亲最敬重他。我当初之投考清华学校也是由于这位父执之极力怂恿。其夫人亦是健者，勤俭耐劳，迥异庸流。淑贞在女高师体育系，和季淑交称莫逆，我不知道她怎么想起把她的好友介绍给我。她没有直接把季淑介绍给我。她是浼她母亲（父已去世）到我家正式提亲作媒的。我在周末回家时在父亲书房桌上信斗里发现一张红纸条，上面恭楷写着：

"程季淑，安徽绩溪人，年二十岁，一九〇一年二月十七日寅时生。"我的心一动。过些日我去问我大姐，她告诉我是有这么一回事，并且她说已陪母亲到过黄家去相亲，看见了程小姐。大姐很亲切地告诉我说："我看她人挺好，满斯文的。双眼皮大眼睛，身材不高，腰身很细，好一头乌发，挽成一个髻堆在脑后，一个大篷覆着前额，我怕那篷下面遮掩着疤痕什么的，特地搭讪着走过去，一面说着'你的头发梳得真好'，一面掀起那发篷看看。"我赶快问："有什么没有？"她说："什么也没有。"我们哈哈大笑。

事后想想，这事不对，终身大事须要自作主张。我的两个姐姐和大哥都是凭了媒妁之言和家长的决定而结婚的。这时候是五四运动后两年，新的思想打动了所有的青年。我想了又想，决定自己直接写信给程小姐问她愿否和我做个朋友。信由专差送到女高师，没有回音，我也就断了这个念头。过了很久，时届冬季，我忽然接到一封匿名的英文信，告诉我"不要灰心，程小姐现在女子职业学校教书，可以打电话去直接联络……"等语。朋友的好意真是可感。我遵照指示大胆地拨了一个电话给一位素未谋面的小姐。

季淑接了电话，我报了姓名之后，她一惊，半晌没说出话来，我直截了当地要求去见面一谈，她支支吾吾的总算是答应我了。她生长在北京，当然说的是道地的北京话，但是她说话的声音之柔和清脆是我所从未听到过的。形容歌声之美往往用

"珠圆玉润"四字，实在是非常恰当。我受了刺激，受了震惊，我在未见季淑之前先已得到无比的喜悦。莎士比亚在《李尔王》五幕三景有一句话：

Her voice was ever soft,
Gentle and low, an excellent thing in woman.

她的言语总是温和的，轻柔而低缓，是女人最好的优点。

好不容易熬到会见的那一天！那是一个星期六午后，我只有在周末才能进城。由清华园坐人力车到西直门，约一小时。我特别感觉到那是漫漫的长途。到西直门换车进城。女子职业学校在宣武门外珠巢街，好荒凉而深长的一条巷子，好像是从北口可以望到南城根。由西直门走了半个多小时，终于找到了这条街上的学校。看门的一个老头儿引我进入一间小小的会客室。等了相当长久的时间，一阵唧唧哝哝的笑语声中，两位小姐推门而入。这两位我都是初次见面，黄小姐的父亲我是见过多次的，她的相貌很像她的父亲，所以我立刻就知道另一位就是程小姐。但是黄小姐还是礼貌地给我们介绍了。不大的工夫，黄小姐托故离去，季淑急得直叫："你不要走，你不要走！"我们两个互相打量了一下，随便扯了几句淡话。季淑确是有一头乌发，如我大姐所说，发髻贴在脑后，又圆又凸，而又亮晶晶的，一个松松泡泡的发篷覆在额前。我大姐不轻许人，她认为她的头发确实处理得好。她的脸上没有一点脂粉，完全本来面目，她若和一些浓妆艳抹的人出现在一起会令人有异样的感觉。我最不喜欢上帝给你一张脸而你自己另造一张。季淑穿的是一件灰蓝色的棉袄，一条黑裙子，长抵膝头。我偷眼往桌下一看，发现她穿着一双黑绒面的棉毛窝，上面凿了许多孔，系着黑带子，又暖和又舒服的样子。衣服、裙子、毛窝，显然全是自己缝制的。她是百分之百的一个朴素的女学生。我那一天穿的是一件蓝呢长袍，挽着袖口。胸前挂着清华的校徽，穿着一双棕色皮鞋。好多年后季淑对我说，她喜欢我那一天的装束，也因为那是普通的学生样子。那时候我照过一张全身立像，我举以相赠，季淑一直偏爱这张照片，后来到了台湾她还特为放大，悬在寝室，我在她入殓的时候把这张照片放进棺内，我对着她的遗体告别说："季淑，我没有别的东西送给你，你把你所最喜爱的照片拿去吧！它代表我。"

短暂的初次会晤大约有半小时。屋里有一个小火炉，阳光照在窗户纸上。使小屋和暖如春。这是北方旧式房屋冬天里所特有的一种气氛。季淑不是健谈的人，她有几分矜持，但是她并不羞涩。我起立告辞，我没有忘记在分手之前先约好下次会面的时间与地点。

下次会面是在一个星期后，地点是中央公园。人类的历史就是由一个男人一个女人在一个花园里开始的。中央公园地点适中，而且有许多地方可以坐下来休息。唯一讨厌的是游人太多，像来今雨轩、春明馆、水榭，都是人挤人、人看人的地方，为我们所不取。我们愿意找一个僻静的亭子、池边的木椅，或石头的台阶。这种地方又往往为别人捷足先登或盘据取闹。我照例是在约定的时间前十五分钟到达指定的地点。和任何人要约，我也不愿迟到。我通常是在水榭的旁边守候，因为从那里可以望到公园的门口。等人是最令人心焦的事，一分一秒地耗着，不知看多少次手表，可是等到你所期待的人远远地姗姗而来，你有多少烦闷也丢到九霄云外去了。季淑不愿先我而至，因为在那个时代一个年轻女子只身在公园里蹀着是会引起麻烦来的。就是我们两个并肩在路上行走，也常有些不三不四的人在吹口哨。

有时候我们也到太庙去相会。那地方比较清静，最可喜的是进门右手一大片柏树林，在春暖以后有无数的灰鹤停驻在树颠，嘹唳的声音此起彼落，有时候轰然振羽破空而去。在不远处设有茶座，季淑最喜欢鸟，我们常常坐在那里对着灰鹤出神。可是季节一过，灰鹤南翔，这地方就萧瑟不堪，连坐的地方也没有了。北海当然是好去处，金鳌玉蝀的桥我们不知走过多少次数。漪澜堂是来往孔道，人太杂沓，五龙亭最为幽雅。大家挤着攀登的小白塔，我们就不屑一顾了。电影偶尔也看，在真光看的飞来伯主演的《三剑客》、丽琳吉施主演的《赖婚》至今印象犹新，其余的一般影片则我们根本看不进去。

清华一位同学戏分我们一班同学为九个派别，其一曰"主日派"，指每逢星期日则精神抖擞整其衣冠进城去做礼拜，风雨无阻，乐此不倦，当然各有各的崇拜偶像，而其衷心向往虔心归主之意则一。其言虽谑，确是实情。这一派的人数不多。因为清华园是纯粹男性社会，除了几个洋婆子教师和若干教师眷属之外看不到一个女性。若有人能有机缘进城会晤女友，当然要成为令人羡慕的一派。我自度应属于此派。可怜现在事隔五十余年，我每逢周末又复怀着朝圣的心情去到槐园墓地捧着一束鲜花去做礼拜！

不要以为季淑和我每周小聚是完全无拘无束的享受。在我们身后吹口哨的固不乏人，不吹口哨的人也大都对我们投以惊异的眼光。这年轻轻的一男一女，在公园里彳亍而行，喁喁而语，是做什么的呢？我们格于形势，只能在这些公开场所谋片刻的欢晤。季淑的家是一个典型的大家庭。人多口杂。按照旧的风俗，一个二十岁的大姑娘和一个青年男子每周约会在公共场所出现，是骇人听闻的事，罪当活埋！冒着活埋的危险在公园里游憩啜茗，不能说是无拘无束。什么事季淑都没瞒着她的母亲，母亲爱女心切，没有责怪她，反而殷殷垂询，鼓励她，同时也警戒她要一切慎重，无论如何不能让叔父们知道。所以季淑绝对不许我到她家访问，也不许寄信到她家里。我的家简单一些，也没有那么旧，但是也没有达到可以公开容忍我们的行为的地步。只有我的三妹绣玉（后改亚紫）知道我们的事，并且同情我们，帮助我们。她们很快地成为好友，两个人合照过一张像，我保存至今。三妹淘气，有一次当众戏呼季淑为二嫂，后来季淑告诉我，当时好窘，但是心里也有一丝高兴。

事有凑巧，有一天我们在公园里的四宜轩品茗。说起四宜轩，这是我们毕生不能忘的地方。名为四宜，大概是指四季皆宜，"春有百花秋有月，夏有凉风冬有雪"。四宜轩在水榭对面，从水榭旁边的土山爬上去，下来再钻进一个乱石堆成的又湿又暗的山洞，跨过一个小桥便是。轩有三楹，四面是玻璃窗。轩前是一块平地，三面临水，水里有鸭。有一回冬天大风雪，我们躲在四宜轩里，另外没有一个客人，只有茶房偶然提着开水壶过来，在这里我们初次坦示了彼此的爱。现在我说事有凑巧的一天是在夏季，那一天我们在轩前平地的茶座休息，在座的有黄淑贞，我突然发现不远一个茶桌坐着我的父亲和他的几位朋友。父亲也看见了我，他走过来招呼，我只好把两位小姐介绍给他。季淑一点也没有忸怩不安，倒是我觉得有些局促。我父亲代我付了茶资随后就离去了。回到家里，父亲问我："你们是不是三个人常在一起玩？"我说："不，黄淑贞是偶然遇到邀了去的。"父亲说："我看程小姐很秀气，风度也好。"从此父亲不时地给我钱，我推辞不要，他说："拿去吧，你现在需要钱用。"父亲为儿子着想是无微不至的。从此父亲也常常给我劝告，为我出主意，我们后来婚姻成功多亏父亲的帮助。

一九二二年夏，季淑辞去女职的事，改任石驸马大街女高师附属小学的教师。附小是季淑的母校，校长孙世庆原是她的老师，孙校长特别赏识她，说她稳重，所以聘她返校任职。季淑果不负他的期望，在校成为最肯负责的教师之一，屡次得到公开的褒扬。我常到附小去晤见季淑，然后一同出游。我去过几次之后，学校的传达室的工友渐感不耐，我赶快在节关前后奉上银饼一枚，我立刻看到了一张笑逐颜开的脸，以后见了我，不等我开口就说："梁先生您来啦，请会客室坐，我就去请程先生出来。"会客室里有一张鸳鸯椅，正好容两个人并坐。我要坐候很久，季淑才出来，因为从这时候起她开始知道修饰，每和我相见必定盛装。王右家是她这时候班上的学生之一。抗战爆发后我在天津罗努生王右家的寓中下榻旬余日。有一天右家和我闲聊，她说：

"实秋你知道么，你的太太从前是我的老师？"

"我听内人说起过，你那时是最聪明美丽的一个学生。"

"哼，程老师是我们全校三十几位老师中之最漂亮的一个。每逢周末她必定盛装起来，在会客室晤见一位男友，然后一同出去。我们几个学生就好奇地麇集在会客室的窗外往里窥视。"

我告诉右家，那男友即是我。右家很吃一惊。我回想起，那时是有一批淘气的女孩子在窗外唧唧嘎嘎。我们走出来时，也常有蹦蹦跳跳的孩子们追着喊："程老师，程老师！"季淑就拍着她们的脑袋说："快回去，快回去！"

"你还记得程老师是怎样的打扮么？"我问右家。

右家的记忆力真是惊人。她说："当然。她喜欢穿的是上衣之外加一件紧身的黑缎背心，对不对？还有藏青色的百褶裙。

薄薄的丝袜子，尖尖的高跟鞋。那高跟足有三寸半，后跟中细如蜂腰，黑绒鞋面，鞋口还锁着一圈绿丝线……"

我打断了她的话："别说了，别说了，你形容得太仔细了。"于是我们就泛论起女人的服装。右家说："一个女人最要紧的是她的两只脚。你没注意么，某某女士，好好的一个人，她的袜子好像是太松，永远有皱褶，鞋子上也有一层灰尘，令人看了不快。"我同意她的见解，我最后告诉她莎士比亚的一句名言："她的脚都会说话。"（见《脱爱勒斯与克莱西达》第四幕第五景）右家提起季淑的那双高跟鞋，使我忆起两件事。有一次我们在公园里散步，后面有几个恶少紧随不舍，其中有一个人说："嘿，你瞧，有如风摆荷叶！"虽然可恶，我却觉得他善于取譬。后来我填了一首《卜算子》，中有一句"荷叶迎风舞"，即指此事。又有一次，在来今雨轩后面有一个亭子，通往亭子的小径都铺满了鹅卵石，季淑的鞋跟陷在石缝中间，扭伤了踝筋，透过丝袜可以看见一块红肿，在亭子里休息很久我才搀扶着她回去。

五四以后，写白话诗的风气颇盛。我曾说过，一个青年，到了"怨黄莺儿作对，怪粉蝶儿成双"的时候，只要会说白话，好像就可以写白话诗。我的第一首情诗，题为《荷花池畔》，发表在《创造》季刊，记得是第四期，成仿吾还不客气地改了几个字。诗没有什么内容，只是一团浪漫的忧郁。荷花池是清华园里唯一的风景区，有池有山有树有石栏，我在课余最喜欢独自一个在这里徘徊。诗共八节，节四行，居然还凑上了自以为是的韵。我把诗送给父亲看,他笑笑避免批评,但是他建议印制自己专用的诗笺,他负责为我置办,图案由我负责。这是对我的一大鼓励。我当即参考图籍,用双钩饕餮纹加上一些螭虎,画成一个横方的宽宽的大框,框内空处写诗。由荣宝斋精印,图案刷浅绿色。朋友们写诗的人很多,谁也没见过这样豪华的壮举。诗,陆续作了几十首,我给我的朋友闻一多看,他大喜若狂,认为得到了一个同道的知己。我的诗稿现已不存,只是一多所做《冬夜评论》一文里引录了我的一首《梦后》,诗很幼稚,但是情感是真的。

"吾爱啊!
你怎又推荐那孤单的枕儿,
伴着我眠,偎着我的脸?"
醒后的悲哀啊!
梦里的甜蜜啊!
我怨雀儿,
雀儿还在檐下蜷伏着呢!
它不能唤我醒——
它怎肯抛了它的甜梦呢?
"吾爱啊!
对这得而复失馈礼,
我将怎样的怨艾呢?

对这缥缈浓甜的记忆,
我将怎样的咀嚼哟!"
孤零零的枕儿啊!
想着梦里的她,
舍不得不偎着你;
她的脸儿是我的花,
我把泪来浇你!

不但是白话,而且是白描。这首诗的故实是起于季淑赠我一个枕套,是她亲手缝制的,在雪白的绸子上她用抽丝的方法在一边挖出一朵一朵的小花,然后挖出一串小孔穿进一根绿缎带,缎带再打出一个同心结。我如获至宝,套在我的枕头上,不大不小正合适。伏枕一梦香甜,矍然惊觉,感而有作。其实这也不过是《诗经》所谓"寤寐无为,辗转伏枕"的意思。另外还有一首《咏丝帕》,内容还记得,字句记不得了。我与季淑约会,她从来不曾爽约,只有一次我候了一个小时不见她到来,我只好懊丧地回去。事后知道是意外发生的事端使她迟到,她也是怏怏而返。我把此事告诉一多,他责备我未曾久候,他说:"你不知道尾生的故事么?《汉书·东方朔传》注:'尾生,古之信士,与女子期于桥下,待之不至,遇水而死。'"这几句话给了我一个启示,我写一首长诗《尾生之死》,惜未完成,仅得片断。

忆周作人先生

> 俄而主人移步入，但见他一袭长衫，意态俨然，背微佝，目下视，面色灰白，短短的髭须满面，语声低沉到令人难以辨听的程度。

周作人先生住北平西城八道湾，看这个地名就可以知道那是怎样的一个弯弯曲曲的小胡同。但是在这个陋巷里却住着一位高雅的与世无争的读书人。

我在清华读书的时候，代表清华文学社会见他，邀他到清华演讲。那个时代，一个年轻学生可以不经介绍径自拜访一位学者，并且邀他演讲，而且毫无报酬，好像不算是失礼的事。如今手续似乎更简便了，往往是一通电话便可以邀请一位素未谋面的人去讲演什么的。我当年就是这样冒冒失失地慕名拜访。转弯抹角地找到了周先生的寓所，是一所坐北朝南的两进的平房，正值雨后，前院积了一大汪子水，我被引进去，沿着南房檐下的石阶走进南屋。地上铺着凉席。屋里已有两人在谈话，一位是留了一撮小胡子的鲁迅先生，另一位年轻人是写小诗的何植三先生。鲁迅先生和我招呼之后就说："你是找我弟弟的，请里院坐吧。"

里院正房三间，两间是藏书用的，大概有十个八个木书架，都摆满了书，有竖立的西书，有平放的中文书，光线相当暗。左手一间是书房，很爽亮，有一张大书桌，桌上文房四宝陈列整齐，竟不像是一个人勤于写作的所在。靠墙一几两椅，算是待客的地方。上面原来挂着一个小小的横匾，"苦雨斋"三个字是沈尹默写的。斋名苦雨，显然和前院的积水有关，也许还有屋瓦漏水的情事，总之是十分恼人的事，可见主人的一种无奈的心情（后来他改斋名为"苦茶庵"了）。俄而主人移步入，但见他一袭长衫，意态翛然，背微佝，目下视，面色灰白，短短的髭须满面，语声低沉到令人难以辨听的程度。一仆人送来两盏茶，日本式的小盖碗，七分满的淡淡清茶。我道明来意，他用最简单的一句话接受了我们的邀请。于是我不必等端茶送客就告辞而退，他送我一直到大门口。

从北平城里到清华，路相当远，人力车要一个多小时，但是他准时来了，高等科礼堂有两三百人听他演讲。讲题是《日本的小诗》。他特别提出所谓俳句，那是日本的一种诗体，以十七个字为一首，一首分为三段，首五字，次七字，再五字，这是正格，也有不守十七字之限者。这种短诗比我们的五言绝句还要短。由于周先生语声过低，乡音太重，听众不易了解，讲演不算成功。幸而他有讲稿，随即发表。他所举的例句都非常有趣，我至今还记得的是一首松尾芭蕉的作品，好像是"听呀，青蛙跃入古潭的声音！"这样的一句，细味之颇有禅意。此种短诗对于试写新诗的人颇有影响，就和泰戈尔的散文诗一样，容易成为模拟的对象。

民国二十三年我到了北京大学，和周先生有同事三年之雅。在此期间我们来往不多，一来彼此都忙，我住东城他住西城相隔甚远，不过我也在苦雨斋做过好几次的座上客。我很敬重他，也很爱他的淡雅的风度。我当时主编一个周刊《自由评论》，他给过我几篇文稿，我很感谢他。他曾托我介绍把他的一些存书卖给学校图书馆。我照办了。他也曾要我照拂他的儿子周丰一（在北大外文系日文组四年级），我当然也义不容辞，我在这里发表他的几封短札，文字简练，自有其独特的风格。

周先生晚节不终，宦事敌伪，以至于身系缧绁，名声扫地，是一件极为可惜的事。不过他所以出此下策，也有其远因近因可察。他有一封信给我，是在抗战前夕写的：

> 实秋先生：手书敬悉。近来大有闲，却也不知怎的又甚忙，所以至今未能写出文章，甚歉。看看这"非常时"的四周空气，深感到无话可说，因为这（我的话或文章）是如此的不合宜的。日前曾想写一篇关于《求己录》的小文，但假如写出来了，恐怕看了赞成的只有一

个——《求己录》的著者陶葆廉吧？等写出来可以用的文章时，即当送奉，匆匆不尽。

作人启 七日夜

关于《求己录》的文章虽然他没有写，我们却可想见他对《求己录》的推崇，按《求己录》一册一函，光绪二十六年杭州求是书院刊本，署芦泾循士著，乃秀水陶葆廉之别号。陶葆廉是两广总督陶模（子方）之子，久佐父幕，与陈三立、谭嗣同、沈雁潭合称四公子。作人先生引陶葆廉为知己，同属于不合时宜之列。他也曾写信给我提到"和日和共的狂妄主张"。是他对于抗日战争早就有了他自己的一套看法。他平素对于时局，和他哥哥鲁迅一样，一向抱有不满的态度。

作人先生有一位日籍妻子。我到苦茶庵去过几次没有拜见过她，只是隔着窗子看见过一位披着和服的妇人走过，不知是不是她。一个人的妻子，如果她能勤俭持家相夫教子而且是一个"温而正"的女人，她的丈夫一定要受到她的影响，一定爱她，一定爱屋及乌的爱与她有关的一切。周先生早年负笈东瀛，娶日女为妻，对于日本的许多方面有好的印象是可以理解的。我记得他写过一篇文章赞美日本式的那种纸壁地板蹲坑的厕所，真是匪夷所思。他有许多要好的日本朋友，更是意料中事，犹之鲁迅先生之与上海虹口的内山书店老板过从甚密。

抗战开始，周先生舍不得离开北平，也许是他自恃日人不会为难他。以我所知,他不是一个热中仕进的人,也异于鲁迅之偏激孤愤。不过他表面上淡泊,内心里却是冷峭。他这种心情和他的身世有关。一九八二年九月二十日《联合报》万象版登了一篇《高阳谈鲁迅心头的烙痕》:

> 鲁迅早期的著作,如《呐喊》等,大多在描写他的那场"家难";其中主角是他的祖父周福清,同治十年三甲第十五名进士,外放江西金溪知县。光绪四年因案被议,降级改为"教谕"。周福清不愿做清苦的教官,改捐了一个"内阁中书",做了十几年的京官。

> 光绪十九年春天,周福清丁忧回绍兴原籍。这年因为下一年慈禧太后六旬万寿,举行癸巳恩科乡试:周福清受人之托,向浙江主考贿买关节,连他的儿子也就是鲁迅的父亲周用吉在内,一共是六个人,关节用"宸衷茂育"字样;另外"虚写银票洋银一万元",一起封入信封。投信的对象原是副主考周锡恩,哪知他的仆人在苏州误投到正主考殷如璋的船上。殷如璋不知究竟,拆开一看,方知贿买关节。那时苏州府知府王仁堪在座,而殷如璋与周福清又是同年,为了避嫌疑起见,明知必是误投,亦不能不扣留来人,送官究办。周福清就这样吃上了官司。

> 科场舞弊,是件严重的事。但从地方到京城,都因为明年是太后六十万寿,不愿兴大狱,刑部多方开脱,将周福清从斩

罪上量减一等，改为充军新疆。历久相沿的制度是，刑部拟罪得重，由御笔改轻，表示"恩出自上"；但这一回令人大出意外，御着批示："周福清着改为斩监候，秋后处决。"

这一来，周家可就惨了。第二年太后万寿停刑，固可多活一年；但自光绪二十一年起，每年都要设法活动，将周福清的姓名列在"勾决"名册中"情实"一栏之外，才能免死。这笔花费是相当可观的；此外，周福清以"死囚"关在浙江臬司监狱中，如果希望获得较好的待遇，必须上下"打点"，非大把银子不可。周用吉的健康状况很差，不堪这样沉重的负担，很快的就去世了。鲁迅兄弟被寄养在亲戚家，每天在白眼中讨生活；十几岁的少年，由此而形成的人格，不是鲁迅的偏激负气，就是周作人的冷漠孤傲，是件不难想象的事。

鲁迅心头烙痕也正是周作人先生的心头烙痕，再加上抗战开始后北平爱国志士那一次的枪击，作人先生无法按捺他的激愤，遂失足成千古恨了。在后来"国军"撤离南京的前夕，蒋梦麟先生等还到监牢去探视过他，可见他虽然是罪有应得，但是他的老朋友们还是对他有相当的眷念。

一九七一年五月九日《中国时报》副刊有南宫搏先生一文《于〈知堂回想录〉而回想》，有这样的一段：

> 我曾写过一篇题为《先生，学生不伪！》不留余地指斥学界名人傅斯年。当时自重庆到沦陷区的接收大员，

趾高气扬的不乏人，傅斯年即为其中之一。我们总以为学界的人应该和一般官吏有所不同，不料以清流自命的傅斯年在北平接收时，也有那一副可憎的面目，连"伪学生"也说得出口！——他说"伪教授"其实也可恕了。要知政府兵败，弃土地人民而退，要每一个人都亡命到后方去，那是不可能的。在敌伪统治下，为谋生而做一些事，更不能皆以汉奸目之，"饿死事小，失节事大"，说说容易，真正做起来，却并不是叫口号之易也。何况，平常做做小事而谋生，遽加汉奸帽子，在情在理，都是不合的。

南宫搏先生的话自有他的一面的道理，不过周作人先生无论如何不是"做做小事而谋生"，所以我们对于他的晚节不终只有惋惜，无法辩解。

最初的一幕

> 我知道我已经不是小孩子了；但还不知道不是小孩子的悲哀。我步步地走进生命之网。这只是最初的一幕啊！

记忆的泉
涌出痛苦的水，
结成热泪的晶！

回想我二十岁的那年，竟做了我一生的关键，竟做了这篇小说的开场！

墙上挂着的日历，被我一张一张地撕下去五分之一了；和暖的春风把柳丝也吹绿了；池水油似的碧着；啾啾的雀儿，在庭前跳跃，代替了呱呱叫着的老鸦。明媚的春光啊！我的学校远在城外，没有半点的尘嚣；伴着我的只是远远的一带蜿蜒不断的青山和一泓清澈的池水，此外便要算土山上的松与石了！陪着我玩的是几个比我年纪轻的小同学。

在我生辰的那天——三月八日——弟妹们凑出他们从糖果里撙节的钱，预备了酒筵，给我祝寿。

我很惭愧地陪着他们饮那瓶案下存了三年的红葡萄酒。因为这是犯学校规则的呀。父亲拈着胡须品酒，连说："外国货是比中国货好！"母亲笑嘻嘻地凝视我，嘴唇颤动了好几次，最后说："你毕竟长成人了！你的长衫比你哥哥的要长五分！"小兄弟小妹妹只是拉拉扯扯地猜哑拳。

是啊！我自己也觉得不是小孩子了！小妹妹要我陪她踢毽子，我嗔着骂她淘气；她恼了，质问我："你去年为什么踢呢？——对了！踢碎了厅前的玻璃窗还要踢？"我皱一皱眉，没得分辩。我只觉得我现在不是小孩子了！

学校的球场上，渐渐地看不到我的影子；喧笑的堆里，渐渐地听不到我的声音。在留恋的夕阳，皎洁的月色里，我常独做荷花池畔的顾客，水木清华的主人。小同学们也着实奇怪，遇见我便神头鬼脸地议论，最熟悉的一个有时候皱着眉问我："你被书本埋起来了？"别的便附和着："人家快要养胡须了，还能同我们玩吗？"我只向他们点头、微笑，没有半句话好说。我只觉得一步跨出了小孩子的天真烂漫的境界。

玫瑰花蕾已经像枣核儿般大了。花丛里偶尔也看见几对粉蝶。无名的野草，发出很清逸的幽香，随风荡漾。自然界的事物，无时不在拨弄我的心弦；我又无时不在妄想那宇宙的大谜。

哦！我竟像大海里的孤舟，没有方向地漂泊了；又像风里的柳絮，失了魂魄似的飞了。我的生活基础在哪里，一生的终结怎么样，快乐究竟是什么……这些问题全做了我脑海里的不速之客，比我所素来最怕的代数题还难解答。

我对课本厌倦了！我的心志再也不遵守上下课铃声的吩咐。校役摇铃，我们又何苦做校役的奴禁呢？教员点名，我还他一个"到"！教员又何尝问我答"到"的是我的身体，还是我的心？这全是我受良心责难时，自己撰出来的辩白。

想家的情绪，渐渐地澹泊，也是出我意外的。我没有像从前思家的那样焦急，星期六早晨我不在铃声以前醒了；漱盥后，竟有慢慢用早餐的勇气；这固然省得到家烦母亲下厨房煮面，但是头几次竟急煞校门外以我为老主顾的洋车夫！

素嫌冗腻的《红楼梦》不知怎么也会变了味儿，合我的脾胃了；见了就头痛的《西厢记》竟做了我枕畔的嘉宾；泰戈尔的《园丁集》、但丁的《神曲》都比较容易透进我的脑海。

若不是案头长期地摆着一架镜子，我不免要疑心我自己已然换了一个人；然而我很晓得，心灵上的变化，正似撼动天地的朔风奔涛澎湃的春潮一般的剧烈。

粘在天空的白云，怎样地瞬息间变化呢？

那天——四月里的一天——风和日煦，好鸟鸣春，我在夕阳挂在树颠的时候，独步踱到校门外边，沿着汨汨的小溪走去。春风吹在脸上，我竟像醉人一般，觉得浑身不可名状的酥泰。岸旁的小草，绿茸茸的媚人——绿进我的眼帘，绿进我的心田。

我呆呆地望着流水，只汨汨地响着过去，遇着突起的几块石头，便哗啦哗啦地激起许多碎细的水点儿。我真是痴了！年年如此的小溪，有什么好看的呢？竟使我入了催眠的状态！

我只是无精打采地走去，数着岸旁的杨柳，一株，两株，三株……九株，十株……呀！忘了！唉！不数了也罢！

走过麦陇，步到一座倾圮的石桥，长板的石条横三竖四地堆着。有的一半没在水里，一半伸在水面，像座孤岛似的。这座桥已然失了它的效用；我是不想渡河的，看着它坍废的样子，倒也错综有致呢！

我往常走在这里，也就随步地过去了；这次竟停住了足，不忍心离开。在对面的河岸，一个十五六岁的穿着淡红衫子的村女踞在一块平滑的石头上浣衣。夕阳射在她的脸上——没有脂粉的脸——显出娇缦的天真。她举着那洗衣的木杵七上八下地打衣服，在我的耳朵听来，有音乐的节奏似的；水面的波纹，一圈一圈地从她踞着的地方漾到河的这边坡岸。我只记得我从前对于女子并不怎样地注意，这天却有些反常。我看着她慢慢地浣衣，心里觉得有一种不可言喻的愉快，虽然不交一语，未报一睐。

夕阳终于下山了，遗下半天的彩霞；她也终于带着衣服，沿着麦陇里的陌路，盈盈地去了，交付了我一幅黯淡的黄昏的图画。

我真是妇女的崇拜者啊！宇宙间的美哪一件不是粹在妇女

的身上呢？假如亚当是美了，那么上帝何必再做夏娃呢？"女人的身是水做的；男人的身是泥做的"；是啊！尼采说："妇女比男子野蛮些。"我真要打他一个嘴巴子了！

"我看你终要拜倒石榴裙下！"一位同学这样不客气地预测我。我又何必不承认呢？

那群男同学们，整天的叫嚣，粗野的举动，凌乱的服饰，处处都使我厌弃他们了！然而怎样过我的孤寂的单调的生活呢？

满腔是怨，怨些什么？我问青山，青山凝妆不语；我问流水，流水呜咽不答。……

我鄙夷那些在图书馆埋头的同学们，他们不懂什么叫做快乐。我更痛恨那些斗方的道学家，他们不晓得他们自己也是人。

我知道我已经不是小孩子了；但还不知道不是小孩子的悲哀。我步步地走进生命之网。这只是最初的一幕啊！

苦雨凄风

> 我的悲哀也骤然狂炽,似乎有一缕一缕的愁丝将要把我像蛹一般地层层缚起。啊!我的心灵也是被凄风苦雨袭着!

一

那是初秋的一天。一阵秋雨淅淅沥沥地落了下来,发出深山里落叶似的沙沙的声音;又夹着几阵清凉的秋风,把雨丝吹得斜射在百叶窗上。弟弟正在廊上吹胰子泡,偶尔地锐声地喊着。屋里非常地黑暗,像是到了黄昏;我独自卧在大椅上,无聊地燃起一支香烟。这时候我的情思活跃起来,像是一只大鹏,飞腾于八极之表;我的悲哀也骤然狂炽,似乎有一缕一缕的愁丝将要把我像蛹一般地层层缚起。啊!我的心灵也是被凄风苦雨袭着!

在这愁困的围氛里,我忽的觉得飘飘摇摇,好像是已然浮游在无边的大海里了,一轮明月照着万顷晶波……一阵海风过处，又听得似乎是从故乡吹过来的母亲的呼唤和爱人的啜泣。我不禁悲从中来，泪如雨下；却是帘栊里透进一阵凉风，把我从迷惘中间吹醒。原来我还是在椅上呆坐，一根香烟已燃得只剩三分长了。外面的秋雨兀自落个不住。我深深地呼吸了一口气。

母亲慢慢地走了进来，眼睛有些红了，却还直直地凝视着我的面上。我看看她默默无语。她也默默地坐在我对面，隔了一会儿，缓声地说：

"行李都预备好了吗？……"

她这句话当然不是她心里要说的，因为我的行装完全是母亲预备的，我知道她心里悲苦，故意地这样不动声色地谈话，然而从她的声音里，我已然听到一种哑涩的呜咽的声音。我力自镇定，指着地上的两只皮箱说：

"都好了，这只皮箱很结实，到了美国也不至于损坏的……"

母亲点点头，转过去望着窗外，这时候雨势稍煞，院里积水泛起无数的水泡，弟弟在那里用竹竿戏水，大声地欢笑。俄顷间雨又潇潇地落大了。

壁上的时钟敲了四下，我一声不响地起来披上了雨衣，穿上套鞋……母亲说："雨还在落着，你要出去吗？"

我从大衣袋里掏出陈小姐给我饯行的柬帖，递给她看；她看了只轻轻地点点头，说："好，去吧。"我才掀开门帘，只听见母亲似乎叹了一声。

我走到廊上。弟弟扯着我说："怎么，绿哥？你现在就走了吗？这样的雨天，母亲大概不准我去看你坐火车了！……"我抚弄他的头发，告诉他："我明天才走呢。你一定可以去送我的。今天有人给我饯行。"

我走出家门，粗重的雨点打到我的身上。

二

公园里异常地寂静，似是特留给我们话别。池里的荷叶被雨洗得格外碧绿，清风过处，便俯仰倾欹，做出各种姿态。我们两个伏在水榭的栏上赏玩灰色的天空反映着远处的青丽的古柏、红墙黄瓦的宫殿，做成一幅哀艳沉郁的图画。我们只默默地望着这寂静的自然，不交一语。其实彼此都是满腔热情，常思晤时一吐为快，怎会没有话说呢？啊！这是情人们的通病罢，——今朝的情绪，留作明日的相思！

一阵风香，她的柔发拂在我的脸上，我周身的血管觉得紧涨起来。想到明天此刻，当在愈离愈远，从此天各一方，不禁又战栗起来。不知是几许悲哀的情绪混和起来纠缠在我心头！唉，自古伤别离，离愁果是"剪不断理还乱"的了。

我鼓起微弱的勇气，想屏绝那些愁思，无心地向她问着：

"你今天给我饯别，可曾请了陪客吗？"

她凝视了我一顷，似乎是在这一顷她才把她已经出神的情思收转回来应答我的问语。她微微地呼吸了一下，颤声地说：

"哦，请陪客了。陪客还是先我们而来的呢。"她微微地向我一笑，"你看啊，这苦雨凄风不是绝妙的陪客吗？……"

我也微微报她一笑，只觉一缕凄凉的神情弥漫在我心上。

雨住了。园里的景象异常地清新，玳瑁的树枝缀着翡翠的水叶，荷池的水像油似的静止，雪氅红喙的鸭儿成群地叫着。我们缓步走出行榭，一阵土湿的香气扑着鼻观；沿着池边的曲折的小径，走上两旁植柏的甬道。园里还是冷清清的。天上的乌云还在互相追逐着。

"我们到影戏院去吧，雨天人稀，必定还有趣……"她这样地提议。我们便走进影戏院。里面的观众果似晨星的稀少，我们便在僻处紧靠着坐下。铃声一响，屋里昏黑起来，影片像逸马一般在我眼前飞游过去，我的情思也似随着像机轮旋转起来。我们紧紧地握着手，没有一句话说。影片忽的一卷演讫，屋里的光线放亮了一些，我看见她的乌黑的眼珠正在不眨地注视着我。

"你看影戏了没有？"

她摇摇头说："我一点也没有看进去，不知是些什么东西在我眼前飞过……你呢？"

我勉强地笑着说："同你一样的！……"

我们便这样地在黑暗的影戏院里度过两个小时。

我们从影戏院出来的时候，蒙蒙的细雨又在落着，园里的电灯全亮起来了，照得雨湿的地上闪闪地发光。远远的听见钟楼的当当的声音,似断似续地波送过来,只觉得凄凉、黯淡……我扶着她缓缓地步到餐馆,疏细的雨滴——是天公的泪点,洒在我们的身上。

她平时是不饮酒的,这天晚上却斟满一盏红葡萄酒,举起杯来低声地说:

"愿你一帆风顺,请尽了这一杯吧!"

我已经泪珠盈睫了,无言地举起我的酒杯,相对一饮而尽。餐馆的侍者捧着盘子,在旁边惊诧地望着我们。

我们从餐馆出来,一路向着园门行去。我们不约而同地愈走愈慢,我心里暗暗地慊恨这道路的距离太近!将到园门,我止住问她:

"我明天早晨去了!……你可有什么话说吗?……"

她垂头不响。慢慢地从她的丝袋里取出一封浅红色的信笺,递到我的手里,轻声地叹着,说:"除纸笔代喉舌,千种思量向谁说?……"

我默视无言,把红笺放在贴身的衣袋里。只觉得无精打采的路灯向着我的泪眼射出无数参差不齐的金黄色的光芒。

我送她登上了车,各道一声珍重,便这样地在苦雨凄风之夕别了!

三

我回到家里,妹妹在房里写东西,我过去要看,她翻过去遮着,说:"明天早晨你就看见了。今天陈小姐怎样地饯行来的?……"我笑着出来,到母亲房里,小弟弟睡了,母亲在吸水烟。

"你睡去吧!明天清早还要起身呢……"

我步到我的卧房,只觉一片凄惨。在灯下把那红笺启视,上面写着:

> 绿哥:我早就知道,在我和你末次——绝不是末次,是你远行前的末次——话别的时候,彼此一定只觉悲哀抑郁而不能道出只字。所以我写下这封信,准备在临行的时候交给你。这信里的话是应该当面向你说的,但是,绿哥,请你恕我,我的微弱的心禁不起强烈的悲哀的压迫,我只好请纸笔代喉舌了。
>
> 绿哥!两月前我就在想象着今天的情景,不料这一天居然临到!同学们都在讥笑我,说我这几天消瘦了;我的母亲又说我是病了,天天逼我吃药。你该知道我吃药是没用的。绿哥,你去了,我只有一件事要求你,就是你要常常地给我寄些信来,这是医我心灵的无上的圣药了。

看到这里,窗外滴滴答答地响个不住,萧萧的风又像是啼嘘着。我冥想了一刻，又澄心地看下去：

  绿哥，我尝读古人句："……人当少年嫁，我当少年别……"总觉得凄酸不堪，原来正是为我自身写照！

  只要你时常地记念着我，我便也无异于随你远渡重洋了。

  "科罗拉多泉"是美国名胜的地方，一定可以增进你的健康，同时更可启发你的诗思。绿哥，你千万不要"清福独享"，务必要时常寄我些新诗，好叫一些"不相识的湖山，频来入梦"。我决计在这里的美术院再学几年，等你的诗集付印的时候可以给你的诗集画一些图案。绿哥，你的诗集一定需要图案的，你不看现在行的一些集子吗？白纸黑字，平淡无味，真是罪过！诗和画原是该结合的呀！

  你去到外国，不要忘了可爱的中华！我前天送你的手制的国旗愿长久地悬在室内，檀香炉也可在秋雨之夜焚着。你不要只是眷念着我，须要崇仰着可爱的中华，可爱的中华的文化！

  绿哥！别了！我不能再写下去了，因为我的话是无穷止的，只好这样地勉强停住。秋风多厉，珍重玉体！

妹陈淑敬上
临别前一日

我往复地看了数遍,如醉如痴地靠在卧椅上,望着这浅红的信笺出神。我想今夜是不能睡的了,大概要亲尝"枕前泪共阶前雨,隔个窗儿滴到明"的滋味了。忽的听见母亲推开窗子,咳嗽了一声,大声地说:

"绿儿!你还没睡吗?该休息了,明天清早还要去赶火车呢。"

我高声答道:"我就去睡了。"我捻灭了灯,空床反侧,彻夜无眠。一阵阵的风声、雨声,在昏夜里猖狂咆哮。

四

看看东方的天有些发白,便在床上坐起来,纱窗筛进一缕晨风,微有寒意。天上的薄云还平匀地铺着。窗外有几只蟋蟀唧唧地叫着。我静坐了片刻,等到天大亮了,起来推开屋门。忽然,出我意料之外,门上有一张短简,用图钉钉着;我立刻取了下来,只见上面很整齐地写着:

绿哥:请你在发现这张短简的时候把惊奇的心情立刻平静下去;因为我怕受惊奇的刺激,所以特地来把这张短简钉在你的门上。你明天不是要走了吗?我决定不去送你;并且决定在今夜不睡,以便等你明晨离家的时候,我还可以安然地睡着。请你不要叫醒我,绿哥,请你不要叫醒我。我怕看母亲的红了的眼睛,我怕看你临行和家人握手的样子！……绿哥，你走后，我将日夜地祷告，祝你旅途平安，只要你答应我一件事，明天早晨不要叫醒我！再会罢！

紫姝敬上
苦雨凄风之夜

我读了异常的感动，便要把这张信纸夹在案头的书里。偶然翻过纸的背面，原来还有两行小字：

你放心地去好了，你走后我必代表你天天地找陈淑同玩。想来她在你去后也必愿和我玩的。

我不禁笑了出来。时光还很早，母亲不曾起来；我便撕下一张日历，在背面写着：

紫姝：我一定不把你从梦中唤醒，来和我作别。我也想大家都在梦中作别，免得许多烦恼，但这是办不到的。临别没有多少话说，只祝你快乐！你若能常陪陈淑玩，我也是很感谢你的。再谈罢。

绿哥

我写好了便用原来的图钉钉在紫姝卧房的门上，悄悄地退回房里。移时,母亲起来,连忙给我预备点心吃。她重复地嘱咐我的话,只是要我到了外国常常给家里寄信。

行李搬到车上了。母亲的泪珠滚滚地流了出来,我只转过头去伸出手来和她紧紧地一握着说声:"母亲,我走了……"

"你的妹妹弟弟还在睡着,等我去叫醒他们和你一别吧!……"

我连忙止住她说:"不用叫他们了,让他们安睡吧!"我便神志惘然地走出了家门。凉风吹着衣裳……

我走出巷口折行的时候,还看见母亲立在门口翘首地望我。

唐人自何处来

> 大概他在夏安开个小餐馆,很久没看到中国人,很久没看到一群中国青年,更很久没看到来读书的中国青年人。

我二十二岁清华学校毕业,是年夏,全班数十同学搭乘杰克孙总统号由沪出发,于九月一日抵达美国西雅图。登陆后,暂息于青年会宿舍,一大部分立即乘火车东行,只有极少数的同学留下另行候车:预备到科罗拉多泉的有王国华、赵敏恒、陈肇彰、盛斯民和我几个人。赵敏恒和我被派在一间寝室里休息。寝室里有一张大床,但是光溜溜的没有被褥,我们二人就在床上闷坐,离乡背井,心里很是酸楚。时已夜晚,寒气袭人。突然间孙清波冲入室内,大声地说:"我方才到街上走了一趟,我发现满街上全是黄发碧眼的人,没有一个黄脸的中国人了!"

赵敏恒听了之后,哀从中来,哇的一声大哭,趴在床上抽噎。孙清波回头就走。我看了赵敏恒哭的样子,也觉得有一股凄凉之感。二十几岁的人,不算是小孩子,但是初到异乡异地,那份感受是够刺激的。午夜过后，有人喊我们出发去搭火车，在车站看见黑人车侍提着煤油灯摇摇晃晃地喊着"全都上车啊！全都上车啊！"

车过夏安，那是怀俄明州的都会，四通八达，算是一大站。从此换车南下便直达丹佛和科罗拉多泉了。我们在国内受到过警告，在美国火车上不可到餐车上用膳，因为价钱很贵，动辄数元，最好是沿站购买零食或下车小吃。在夏安要停留很久，我们就相偕下车，遥见小馆便去推门而入。我们选了一个桌子坐下，侍者送过菜单，我们拣价廉的菜色各自点了一份。在等饭的时候，偷眼看过去，见柜台后面坐着一位老者，黄脸黑发，像是中国人，又像是日本人，他不理我们，我们也不理他。

我们刚吃过了饭，那位老者踱过来了。他从耳朵上取下半截长的一支铅笔，在一张报纸的边上写道：

"唐人自何处来？"

果然，他是中国人，而且他也看出我们是中国人。他一定是广东台山来的老华侨。显然他不会说国语，大概是也不肯说英语，所以开始和我们笔谈。

我接过了铅笔，写道："自中国来。"

他的眼睛瞪大了，而且脸上泛起一丝笑容。他继续写道："来此何为？"

我写道："读书。"

这下子，他眼睛瞪得更大了，他收敛起笑容，严肃地向我们翘起了他的大拇指,然后他又踱回到柜台后面他的座位上。

我们到柜台边去付账。他摇摇头、摆摆手,好像是不肯收费,他说了一句话好像是:"统统是唐人呀!"

我们称谢之后刚要出门,他又喂喂地把我们喊住,从柜台下面拿出一把雪茄烟,送我们每人一支。

我回到车上,点燃了那支雪茄。在吞烟吐雾之中,我心里纳闷,这位老者为什么不收餐费?为什么奉送雪茄?大概他在夏安开个小餐馆,很久没看到中国人,很久没看到一群中国青年,更很久没看到来读书的中国青年人。我们的出现点燃了他的同胞之爱。事隔数十年,我不能忘记和我们作简短笔谈的那位唐人。

又逢癸亥

> 现在又逢癸亥，欲重聚话旧而不可得，何况举目有山河之异，"水木清华"只在想象中耳！

我是清华癸亥级毕业的。现在又逢癸亥，六十年一甲子，一晃儿！我们以为六十周年很难得，其实五十九周年也很难得，六十一周年更难得。不过一甲子是个整数罢了。

我在清华，一住就是八年，从十四岁到二十二岁，回忆起来当然也有一些琐碎的事可说。我在清华不是好学生，功课平平，好多同学都比我强，不过到时候我也毕业了，没有留级过。品行么，从来没有得过墨盒（只有品学俱佳热心服务或是奉命打小报告的才有得墨盒的资格），可是也没有被记过或进过"思过室"（中等科斋务室隔壁的一间禁闭室）。

级有级长，每年推选一人担任。我只记得第一任级长是周念诚（江苏籍），他是好人，忠厚诚恳，可惜一年未满就病死了。最后一位是谢奋程（广东人），为人精明，抗战期间在香港做寓公，被日军惨杀。

每一个中等科新生，由学校指定高等科四年级生作指导员，每周会晤一二次，用意甚善。指导我的是沈隽祺。事实上和我往还较多的是陈烈勋、张道宏。我是从小没离开过家的人，乍到清华我很痛苦，觉得人生最苦恼事第一件是断奶，而上学住校读书等于是第二次断奶。过了好几年我才习惯于新的环境，但是八年来每个星期六我必进城回家过一个温暖的周末。那时候回一趟家不简单，坐人力车经海淀到西直门要一个多小时，换车进城到家又是半个多小时。有时候骑驴经成府大钟寺而抵西直门车站，很少时候是走到清华园车站坐火车到西直门。在家里停留二十四小时，便需在古道夕阳中返回清华园了。清华园是我第二个家。

八年之中我学到了些什么？英文方面，作到粗通的地步，到美国去读书没有太大的隔阂。教过我英文的有林语堂、孟宪成、马国骥、巢堃琳诸先生，还有几位美国先生。国文方面，在中等科受到徐镜澄先生（我们背后叫他徐老虎，因为他凶）的教诲，在作文方面才懂得什么叫做"割爱"，作文须要少说废话，文字要简练，句法要挺拔，篇章要完整。五四以后，白话文大行，和闻一多几位同好互相切磋，走上了学习新文学的路子。由于积极参加《清华周刊》的编务，初步学会了撰稿、访问、编排、出版一套技巧。

五四的学生运动，清华轰轰烈烈地参加了。记得我们的学生领袖是陈长桐。他是天生的领导人才，有令人倾服的气质。我非常景仰他。他最近才去世，大概接近九十高龄了。陈长桐毕业之后继续领导学生自治会的是罗隆基。学生会的活动引发好几次风潮。不一定是学生好乱成性，学校方面处理的方法也欠技巧。有一晚全体学生在高等科食堂讨论罢课问题，突然电灯被熄灭了，这不能阻止学生继续开会，学生点起了无数支蜡烛，正群情激愤中，突然间有小锣会（海淀民间自卫组织）数人打着灯笼前来镇压，据说是应校方报案邀请而来，于是群情大哗，罢课、游行、驱逐校长，遂一发而不可收拾。数年之间，三赶校长。本来校长周寄梅先生，有校长的风范，亟孚人望，假使他仍在校，情势绝不至此。

清华夙重体育。上午有十五分钟柔软操，下午四至五强迫运动一小时，这个制度后来都取消了。清华和外面几个大学常有球类比赛，清华的胜算大，每次重要比赛获胜，学校若狂，放假一天。我的体育成绩可太差了，毕业时的体育考试包括游泳、一百码、四百码、铅球等项目。体育老师马约翰先生对我只是摇头。游泳一项只有我和赵敏恒二人不及格，留校二周补考，最后在游泳池中连划带爬总算游过去了，喝了不少水！不过在八年之中我也踢破了两双球鞋，打断了两只球拍，棒球方面是我们河北省一批同学最擅长的，因此我后来右手拾起一块石子可以投得相当远，相当准。我八年没有生过什么病，只有一回感染了腮腺炎住进了校医室。起码的健康基础是在清华打下的，维持至今。

清华对学生的操行纪律是严格的。偷取一本字典，或是一匹夏布，是要开除的。打架也不行。有一位同学把另一位同学打伤，揪下了一大撮头发，当然是开除处分，这位被开除的同学不服气，跑到海淀喝了一瓶莲花白，回来闯进大家正在午膳的饭厅，把斋务主任（外号李胡子）一拳打在地下，结果是由校警把他抓住送出校去。这一闹剧，至今不能忘。

我们喜欢演戏，年终同乐会，每级各演一短剧比赛。像洪深、罗发组、陆梅僧，都是好手。癸亥级毕业时还演过三幕话剧，我和吴文藻扮演女角，谁能相信？

癸亥级友在台北的最多时有十五人，常轮流作东宴集，曾几何时，一个个的凋零了！现只剩辛文锜（卧病中）和我二人而已。不在台北的，有孙立人在台中，吴卓在美国。现在又逢癸亥，欲重聚话旧而不可得，何况举目有山河之异，"水木清华"只在想象中耳！

谜语

　　　　　　生活只是一个欺骗。他这一句话使我思索了
　　　　　几天，认为是一句谜语。

　　紫石是一个极好静的青年，我同他共住一间寝室，一年来从没听见他大声谈笑过。但是在初秋的那天晚上，他的态度似乎骤然改变，自此以后，他便愈变愈怪，怪得简直是另一个人了。现在呢，这间寝室只有我一人住了，因为——因为紫石已入了波士顿的疯人医院。

　　紫石这一月来，直至入疯人院为止，他的精神的变动乃是一出惊人的悲剧。这出戏的背景即是"人生"，紫石不幸做了悲剧的英雄罢了。让我从第一幕讲起。

　　初秋的那天晚上，我和他同在寝室夜读。屋里除了气炉嘶嘶的冒气的声音，再没有别的声响。

　　我睁着睡眼，望着书本出神。紫石忽然从摇椅上跳起来了，他的头发蓬蓬，目光四射，厉声向我说："无聊！无聊！"他在屋里乱转，似乎是热锅上的蚂蚁一般。我告诉他夜已深了，不要吵扰房东太太。我没说完,他早把屋角的钢琴打开,弹起中国国歌、法国国歌、美国国歌……我想制止他,但是他绝不听从。我等他止住弹琴,问他:

"你疯了么?怎么在夜深弹琴?"

"什么?我身通三国国歌……"他望着我做狞笑,把他头上已经凌乱的头发故意地搔作一团。我觉得他的样子有点像鬼。

他弹完琴便在屋里跳舞,口里唱着,仿效"大腿戏"式的舞蹈。他愈跳愈急,口里只有喘声而无歌声了。我一声不响,只是看他扭腰摇腿的样子忍不住好笑。他舞蹈到极处,便忽然倒在床上不动了。我无言地踱到他的床边,看见他的脸上很白,额际汗珠累累。他轻轻和我说,要我给他倒杯凉水。他像是沙漠里将要渴死的旅客一般,把凉水一气饮下。我说:"你怎么了?……"

"啊,I want to make some noise(我要作一点声音)。你不觉得么?"

"觉得什么?"

他握紧拳头,牙齿咬着嘴唇,摇一摇头说:"你不觉得寂寥么?我告诉你,这世界没有美,也没有丑,只有一片寂寥。寂寥就是空虚,空虚就是没有东西,就是死!"

我将手在他头上一试,觉得很热,腮上也渐渐红晕起来。"你睡吧,时候不早了。"

他长叹一声:"My God!"过了几分钟他又接着叹说:"If there is a God!"

过了几天，同学们都在议论他。说他举止反常。实在自从他那天晚上连弹三国国歌以后，就如中了魔似的。他买了一条鲜红色的领带，很远的便令人注目，他很得意地对着镜子照了又照。他一天早晨和我说：

"喂！你看我的领带！好像是在我的喉咙刺了一个洞，一注鲜血洒在胸前一般。"

在吃饭的时候，他在菜里加了多量的胡椒，辣得他汗流满面，脸上一道一道的汗痕像是蜗牛爬过的粉墙一样。他一边吃，一边连称："有味！有味！"

他的胆量，似乎是越来越小，很平常的事时常激动他，使得他几天不安。一天午后，我从窗口看见他远远地提着书包走来。他进房门，就说：

"我今天践碎了几片枯叶……"

"这有什么稀奇？"

"我今天践碎了的枯叶与平常不同，我无心地践上去的时候，咯——吱的一声践为粉碎，又酥又脆，那个声音直像是践碎了的一颗骷髅……"

我笑说："你又在作诗吧？"

"不是作诗。这世界里没有诗可作。人的骷髅大概是和枯叶一般的酥脆。这世界是空虚的。"他时常就这样不连贯地高谈哲理，但他总不肯对我深谈，谈不到几句便诅咒一声："My God！"

紫石是一向喜欢诗的，常常读诗便读到夜深。

如今他忽然把书架上的几十本诗一齐堆进箱子里去。他说，诗酒妇人三者之中，最不重要的便是诗。他在案头放了一本Aubrey Beardsley[①]的图画。他整晚坐在摇椅上披阅那些黑白的画图，似是满有看不够的趣味。有一次他告诉我，他的确走入图书里去，里面有裸体蔽面的妇人，有锦绣辉煌的孔雀，有血池生出的罂粟，有五彩翩翩的蝴蝶……并且幸亏是我猛然向他说话，才把他唤醒。

紫石素来最厌恶纸烟。从前他听说一位在科罗拉多的朋友吸烟，便写了一封词严义正的信劝他戒绝。但是紫石近来每天至少要吸二十支纸烟了。晚上他坐在摇椅上，连吸四五支烟，便独自鼓掌大笑："广开兮天门，纷吾乘兮玄云！……"我只见他在烟雾弥漫中笑容可掬地摇摆。我有时候觉得屋里的烟气太浓了，辄把窗子推开——一阵秋夜的冷气顿时把屋里的烟云吹散，他好像是头上浇了凉水，神志似乎清醒一些，便对我说：

"这空气和白水一样，无味——索然无味。你不信，尝尝看！怎么样？咸水鱼投在淡水里，如何能活？……"

我说："你到外面散散步去吧。外面月朗风清，当胜似在屋里吞云吐雾。"他只凭着窗口，半晌不语。回头向我说："傻孩子，你是幸福的人。"我莫名其妙，不知他是赞我，还是嘲我。

紫石一吸纸烟以后，他的几个朋友都公认为他是堕落了。

---

① 奥布里·比尔兹利，英国插画艺术家。——编者注

学神学的孟君一见他便向他宣道，劝他读些宗教的书，灵魂可以有所寄托，并且不时地给他介绍书。有一次，孟君说："我再给你介绍一本书吧，巴必尼的《耶稣传》……"紫石忍俊不禁，说："这本书你若有看不懂的地方，可以随时来问我。"孟君认为紫石是不可救药了，从此再也不向他宣道。

学化学的李君见了紫石的红领带便皱眉说："真要命，真要命，你简直没有——taste①。"

总之，紫石是一个怪物，这是剑桥一带的中国同学所公认的事实了。紫石并不气忿，而他玩世的态度越来越显明了。他有一次和我说："对于一般人，这个世界已然是太好了。"

我说："我觉得这世界也还不错。"

"好，好，你是幸福的孩子——Gosh②！"

我很后悔，我领着紫石有一天到帝国饭店去吃饭，自从这次吃饭以后，他的疯狂才日益加甚。我现在把他这几天的日记抄在下面：

"真是意想不到的事，我在帝国饭店发现了一个姑娘——玫瑰姑娘，她的美丽不是我所能形容的。我若把她比作玫瑰呢，她是没有刺的。啊，我的上帝，我心里蕴藏着一种不敢说出来的情绪。玫瑰姑娘是个侍者，我也想做一个侍者；但是……"

---

① 审美力。——编者注
② 意为"天哪"。——编者注

"玫瑰姑娘今天改了一点装束。改穿一双黑丝的袜子，显得腿更细了；换了一件黑纱的衣服，上有白色的孔雀羽纹。啊，我看见她胸前突——Gosh！"

"我今天吃饭的时候很凑巧，偌大的餐厅只有我一个顾客。我和她似乎是很熟了。我饭后她便送报纸给我看，我说：'It's very nice of you[①]，……她笑而不答。"

"她今天在给我送菜的时候，竟自握我的手了！绝不是无心的，她用力握我——至少我是这样觉得。假如那样……我真不敢想下去……我绝计再不见她。"

此外还有许多不明了的杂记，如Z姑娘、C姑娘，都不知系何所指。不过他后来确是不到帝国饭店去了。现在呢，玫瑰姑娘还在那里，却没有紫石的踪迹。

有一天紫石问我："玫瑰还在那里吗？"

我笑着告诉他："近来更好看了，添了两只耳环。只是你不常去，她似乎是失望了。"

我是随意说句笑话，紫石竟伏在案头呜呜地哭了起来。我心里很难过，知道他心里有不可言诉的悲伤，但是我也没有法子，人生就是这样。我这才渐渐明白，不幸的命运快要降临在紫石的头上。从前紫石时常背诵：

"I am the master of my fate;

[①] 你真是太好了。——编者注

I am the captain of my soul.①"

究竟他还是不能逃出疯之一途!

我们寓所斜对门住着一个十一二岁的女孩子,满头披着金色的卷发,清晨提着书包在我们窗前走过,午后又走回来。有时她穿着轮鞋,在道旁来回游戏。她披着一件深蓝的外氅。紫石的注意有好几天完全集在这个孩子身上。午后他很早地便回到寓所,坐在窗口等候。

在紫石的日记里,有这样的一段:

"我从来没看见过这样可爱的孩子。我也不知道她的姓氏,没和她说过一句话。我若给她起个名字,便是'青鸟'。在这不完全的世界里,有一个完全的孩子,像我的青鸟那样,是令人喜欢的事。我想把这一件事渐渐扩大,或者可以把别的讨厌的念头遮住。啊,我的脑袋里充满了许多鸥枭,在这凶禽群里只有一只青鸟……"

有一天午后紫石照例凭着窗口等候青鸟归来,等到夕阳瞟了最后的一瞬,暮霭越聚越沉,直至四邻灯火荧荧,还不见青鸟归来。紫石便独自披了大衣出门而去。临去我问他到哪里去,他颤声说:"出去散散步……"我知道他是惦记着青鸟。

过了一点钟的样子,紫石垂头走了回来,眼角上有一汪清泪。

就在这天晚上,紫石便真疯了。

---

① 我是命运的主宰;我是灵魂的统帅。——编者注

晚上八点钟的时候，紫石在摇椅上吸烟，他的眼睛很红，手似乎很颤动，口里似断似续地吟着 Minuet in G 的调子。我和他说："你大概是病了，明天到医生处看看吧。"他不回答我。"你若想出去玩，我可以陪你去……"他仍不回答，这时候屋里好像有一阵打旋的妖风把我卷在中央，我登时打了一个冷战，觉得很阴惨怕人。我于是也一声不响，坐在他的对面。屋里寂静得可怕！我似乎能听见烟灰坠地的声音。

这时候窗外忽然有极清脆的响声由远而近。我看见紫石微微惨笑，额上的青筋一根一根地突起，在响声近到窗下的时候，紫石如惊鸟一般跃起，跑到窗前，把窗帘拨开，向外一望，转过头来便像枭鸣似的大叫一声："My God！"他在屋里便狂舞起来——抱着一只椅子狂舞起来。

我不知所措，不晓得他是受了什么打击。我连忙赶到窗口向外看时，只见是一个女子的两只穿高跟鞋的脚在那里向前走动，细薄的丝袜在灯光下照得很清楚的。

紫石抱着椅子在屋里乱跳，我不敢向前，只是叫他："紫石！紫石！"他没有听见。他跳完了，又打开钢琴弹起三国的国歌，哑声地高唱："Aux arme, Citoyon, Formez vous bataillons！①"……

我正在窘迫的时候，房东太太推门而入，我低声告诉她紫

---

① 拿起武器，公民们，把队伍组织好！——编者注

石神经乱了,她掉头便走,跑回她房里,把房门急急地加了锁。

我这一夜没有睡觉,战战兢兢地看守着紫石。他连唱三国国歌以后,便把自己的衣服也扯撕了。他的眼睛红得像要冒火,头发搔成一团。我强扶他卧在床上,给他喝了一点水。紫石休息了一会儿,便和我信口乱说。他所说的疯话,有许多我现在还记得清清楚楚。他说:

"她教我'乘风破浪',风在哪里?浪在哪里?一片沙漠,平广无垠。……你说你是玫瑰一朵,你会用刺伤人的;你知道,有刺的不必就是玫瑰。什么东西……天太干,落雨就好了,雨后当遍地都生'蘑菇',好久好久不吃'蘑菇'了……"紫石一面乱说,一面伸手乱抓,我听得毛发悚然。

过了很久,他大概是疲倦了,翻身入睡。但在半睡的时候,他口里还唧唧哝哝地说:

"唱个歌罢,唱个歌罢,我再给你斟一杯……"

我好容易忍到翌日清晨,承房东太太的介绍,请了一个医生来,随后就把他送进疯人医院里去。

临去时神志似是尚有几分清楚,他脸色苍白,眼珠要努出似的,他闭口无言,走出了寓所。他手里拿着一大本 Aubrey Beardley 的图画,坚持着不肯放手。

紫石入医院后,我带着几位朋友探望过他一次。他的身体很瘠瘦,不过精神还好。在脑筋清晰的一刻,他就说:

"这个地方很好。隔壁住的一个人总喜欢哭,有时哭的声音很大，可省得我唱三国国歌了。窗外那棵枫树也好，一阵风来，就满地洒血。……"

我临去医院时，紫石告诉我：生活只是一个欺骗。他这一句话使我思索了几天，认为是一句谜语。

北平的街道

天下一切事物没有不变的,北平岂能例外?

"无风三尺土,有雨一街泥",这是北平街道的写照。也有人说,下雨时像大墨盒,刮风时像大香炉,亦形容尽致。像这样的地方,还值得去想念么?不知道为什么,我时常忆起北平街道的景象。

北平苦旱,街道又修得不够好,大风一起,迎面而来,又黑又黄的尘土兜头洒下,顺着脖梗子往下灌,牙缝里会积存沙土,咯吱咯吱地响,有时候还夹杂着小碎石子,打在脸上挺痛,迷眼睛更是常事,这滋味不好受。下雨的时候,大街上有时候积水没膝,有一回洋车打天秤,曾经淹死过人,小胡同里到处是大泥塘,走路得靠墙,还要留心泥水溅个满脸花。我小时候每天穿行大街小巷上学下学,深以为苦,长辈告诫我说,不可抱怨,从前的道路不是这样子,甬路高与檐齐,上面是深刻的车辙,那才令人视为畏途。这样退一步想,当然痛快一些。事实上,我也赶上了一部分的当年交通困难的盛况。我小时候坐轿车出前门是一桩盛事，走到棋盘街，照例是"插车"，壅塞难行，前呼后骂，等得心焦，常常要一小时以上才有松动的现象。最难堪的是这一带路上铺厚石板，年久磨损露出很宽很深的缝隙，真是豁牙露齿，骡车马车行走其间，车轮陷入缝隙，左一歪右一倒，就在这一步一倒之际脑袋上会碰出核桃大的包左右各一个。这种情形后来改良了，前门城洞由一个变四个，路也拓宽，石板也取消了，更不知是什么人作一大发明，"靠左边走"。

北平城是方方正正的坐北朝南，除了为象征"天塌西北地陷东南"缺了两角之外没有什么不规则形状，因此街道也就显著横平竖直四平八稳。东四西四东单西单，四个牌楼把据四个中心点，巷弄栉比鳞次，历历可数。到了北平不容易迷途者以此。从前皇城未拆，从东城到西城需要绕过后门，现在打通了一条大路，经北海团城而金鳌玉𬸪，雕栏玉砌，风景如画，是北平城里最漂亮的道路。向晚驱车过桥，左右目不暇接。城外还有一条极有风致的路，便是由西直门通到海淀的那条马路，夹路是高可数丈的垂杨柳，一棵挨着一棵，夏秋之季，蝉鸣不已，柳丝飘拂，夕阳西下，景色幽绝。我小时读书清华园，每星期往返这条道上，前后八年，有时骑驴，有时乘车，这条路给我的印象太深了。

北平街道的名字，大部分都有风趣，宽的名"宽街"，窄的叫"夹道"，斜的叫"斜街"，短的有"一尺大街"，方的有"棋盘街"，曲折的有"八道湾""九道湾"，新辟的叫"新开路"，狭隘的叫"小街子",低下的叫"下洼子",细长的叫"豆芽菜胡同"。有许多因历史沿革的关系意义已经失去,例如,"琉璃厂"已不再烧琉璃瓦而变成书业集中地,"肉市"已不卖肉,"米市胡同"已不卖米,"煤市街"已不卖煤,"鹁鸽市"已无鹁鸽,"缸瓦厂"已无缸瓦,"米粮库"已无粮库。更有些路名称稍嫌俚俗,其实俚俗也有俚俗的风味,不知哪位缙绅大人自命风雅,擅自改为雅驯一些的名字,例如,"豆腐巷"改为"多福巷","小脚胡同"改为"晓教胡同","劈柴胡同"改为"辟才胡同","羊尾巴胡同"改为"羊宜宾胡同","裤子胡同"改为"库资胡同","眼乐胡同"改为"演乐胡同","王寡妇斜街"改为"王广福斜街"。民初警察厅有一位刘勃安先生,写得一手好魏碑,搪瓷制的大街小巷的名牌全是此君之手笔。幸而北平尚没有纪念富商显要以人名为路名的那种作风。

北平,不比十里洋场,人民的心理比较保守,沾染的洋习较少较慢。东交民巷是特殊区域,里面的马路特别平,里面的路灯特别亮,里面的楼房特别高,里面打扫得特别干净,但是望洋兴叹与鬼为邻的北平人却能视若无睹,见怪不怪。北平人并不对这一块自感优越的地方投以艳羡眼光,只有二毛子准洋鬼子才直眉瞪眼地往里面钻。地道的北平人,提着笼子架着鸟,宁可到城根儿去溜达,也不肯轻易踱进那一块瞧着令人生气的地方。

北平没有逛街之一说。一般说来,街上没有什么可逛的。

一般的铺子没有窗橱，因为殷实的商家都讲究"良贾深藏若虚"，好东西不能摆在外面，而且买东西都讲究到一定的地方去，用不着在街上浪荡。要散步么，到公园北海太庙景山去。如果在路上闲逛，当心车撞，当心泥塘，当心踩一脚屎！要消磨时间么，上下三六九等，各有去处，在街上溜馊腿最不是办法。当然，北平也有北平的市景，闲来无事偶然到街头看看，热闹之中带着悠闲也蛮有趣。有购书癖的人，到了琉璃厂，从厂东门到厂西门可以消磨整个半天，单是那些匾额招牌就够欣赏许久，一家书铺挨着一家书铺，掌柜的肃客进入后柜，翻看各种图书版本，那真是一种享受。

　　北平的市容，在进步，也在退步。进步的是物质建设，诸如马路、行人道的拓宽与铺平，退步的是北平特有的情调与气氛逐渐消失褪色了。天下一切事物没有不变的，北平岂能例外？

北平的零食小贩

> 我如今闭目沉思，北平零食小贩的呼声俨然在耳，一个个的如在目前。

北平人馋。馋，据字典说是"贪食也"，其实不只是贪食，是贪食各种美味之食。美味当前，固然馋涎欲滴，即使闲来无事，馋虫亦在咽喉中抓挠，迫切地需要一点什么以膏馋吻。三餐时固然希望膏粱罗列，任我下箸，三餐以外的时间也一样地想馋嚼，以锻炼其咀嚼筋。看鹭鸶的长颈都有一点羡慕，因为颈长可能享受更多的徐徐下咽之感，此之谓馋。"馋"字在外国语中无适当的字可以代替，所以讲到馋，真"不足为外人道"。有人说北平人之所以特别馋，是由于当年的八旗子弟游手好闲的太多，闲就要生事，在吃上打主意自然也是可以理解的。所以各式各样的零食小贩便应运而生，自晨至夜逡巡于大街小巷之中。

北平小贩的吆喝声是很特殊的。我不知道这与平剧有无关系，其抑扬顿挫，变化颇多，有的豪放如唱大花脸，有的沉闷如黑头，又有的清脆如生旦，在白昼给浩浩欲沸的市声平添不少情趣，在夜晚又给寂静的夜带来一些凄凉。细听小贩的呼声，则有直譬，有隐喻，有时竟像谜语一般的耐人寻味。而且他们的吆喝声，数十年如一日，不曾有过改变。我如今闭目沉思，北平零食小贩的呼声俨然在耳，一个个的如在目前。现在让我就记忆所及，细细数说。

首先让我提起"豆汁儿"。绿豆渣发酵后煮成稀汤，是为豆汁儿，淡草绿色而又微黄，味酸而又带一点霉味，稠稠的，浑浑的，热热的。佐以辣咸菜，即"棺材板"切细丝，加芹菜梗，辣椒丝或末。有时亦备较高级之酱菜如酱萝卜酱黄瓜之类，但反不如辣咸菜之可口，午后啜三两碗，愈吃愈辣，愈辣愈喝，愈喝愈热，终至大汗淋漓，舌尖麻木而止。北平城里人没有不嗜豆汁儿者，但一出城则豆渣只有喂猪的份，乡下人没有喝豆汁儿的。外省人居住北平二三十年往往不能养成喝豆汁儿的习惯。能喝豆汁儿的人才算是真正的北平人。

其次是"灌肠"。后门桥头那一家的大灌肠，是真的猪肠做的，遐迩驰名，但嫌油腻。小贩的灌肠虽有肠之名实则并非是肠，仅具肠形，一条条的以芡粉为主所做成的橛子，切成不规则形的小片，放在平底大油锅上煎炸，炸得焦焦的，蘸蒜盐汁吃。据说那油不是普通油，是从作坊里从马肉等熬出来的油，所以有着一种怪味。单闻那种油味，能把人恶心死，但炸出来的灌肠，喷香！

从下午起有沿街叫卖"面筋哟"者，你喊他时须喊"卖熏鱼儿的",他来到你们门口打开他的背盒由你拣选时却主要的是猪头肉。除猪头肉的脸子、双皮、口条之外还有脑子、肝、肠、苦肠、心头、蹄筋等等,外带着别有风味的干硬的火烧。刀口上手艺非凡,从夹板缝里抽出一把飞薄的刀,横着削切,把猪头肉切得薄如纸,塞在那火烧里食之,熏味扑鼻!这种卤味好像不能登大雅之堂,但是在煨煮熏制中有特殊的风味,离开北平便尝不到。

薄暮后有叫卖羊头肉者,刀板器皿刷洗得一尘不染,切羊脸子是他的拿手,切得真薄,从一只牛角里撒出一些特制的胡盐,北平的羊好,有浓厚的羊味,可又没有浓厚到膻的地步。

也有推着车子卖"烧羊脖子烧羊肉"的。烧羊肉是经过煮和炸两道手续的,除肉之外还有肚子和卤汤。在夏天佐以黄瓜大蒜是最好的下面之物。推车卖的不及街上羊肉铺所发售的,但慰情聊胜于无。

北平的"豆腐脑",异于川湘的豆花,是哆里哆嗦的软嫩豆腐,上面浇一勺卤,再加蒜泥。

"老豆腐"另是一种东西,是把豆腐煮出了蜂窠,加芝麻酱韭菜末辣椒等佐料,热乎乎的连吃带喝亦颇有味。

北平人做"烫面饺"不算一回事,真是举重若轻叱咤立办,你喊三十饺子,不大的工夫就给你端上来了,一个个包得细长齐整、又俊又俏。

斜尖的炸豆腐,在花椒盐水里煮得饱饱的,有时再羼进几个粉丝做的炸丸子，放进一点辣椒酱，也算是一味很普通的零食。

馄饨何处无之？北平挑担卖馄饨的却有他的特点，馄饨本身没有什么异样，由筷子头拨一点肉馅往三角皮子上一抹就是一个馄饨，特殊的是那一锅肉骨头熬的汤别有滋味，谁家里也不会把那么多的烂骨头煮那么久。

一清早卖点心的很多，最普通的是烧饼、油鬼。北平的烧饼主要的有四种，芝麻酱烧饼、螺蛳转儿、马蹄儿、驴蹄儿，各有千秋。芝麻酱烧饼，外省仿造者都不像样，不是太薄就是太厚，不是太大就是太小，总是不够标准。螺蛳转儿最好是和"甜浆粥"一起用，要夹小圆圈油鬼。马蹄儿只有薄薄的两层皮，宜加圆饱的甜油鬼。驴蹄儿又小又厚，不要油鬼做伴。北平油鬼，不叫油条，因为根本不做长条状，主要的只有两种，四个圆饱连在一起的是甜油鬼，小圆圈的油鬼是咸的，炸得特焦，夹在烧饼里一按咔嚓一声。离开北平的人没有不想念那种油鬼的。外省的油条，虚泡囊肿，不够味，要求炸焦一点也不行。

"面茶"在别处没见过。真正的一锅糨糊，炒面熬的，盛在碗里之后，在上面用筷子蘸着芝麻酱撒满一层，唯恐撒得太多似的。味道好吗？至少是很怪。

卖"三角馒头"的永远是山东老乡。打开蒸笼布，热腾腾的各样蒸食，如糖三角、混糖馒头、豆沙包、蒸饼、红枣蒸饼、高庄馒头，听你拣选。

"杏仁茶"是北平的好，因为杏仁出在北方，提味的是那少数几颗苦杏仁。

豆类做出的吃食可多了,首先要提"豌豆糕"。小孩子一听打镋锣的声音很少不怦然心动的。卖豌豆糕的人有一把手艺,他会把一块豌豆泥捏成各式各样的东西,他可以听你的吩咐捏一把茶壶,壶盖壶把壶嘴俱全,中间灌上黑糖水,还可以一杯一杯地往外倒。规模大一点的是荷花盆,真有花有叶,盆里灌黑糖水。最简单的是用模型翻制小饼,用芝麻做馅。后来还有"仿膳"的伙计出来做这一行生意,善用豌豆泥制各式各样的点心,大八件、小八件,什么卷酥喇嘛糕枣泥饼花糕,五颜六色,应有尽有,惟妙惟肖。

"豌豆黄"之下街卖者是粗的一种,制时未去皮,加红枣,切成三尖形矗立在案板上。实际上比铺子卖的较细的放在纸盒里的那种要有味得多。

"热芸豆"有红白二种,普通的吃法是用一块布挤成一个豆饼,可甜可咸。

"烂蚕豆"是俟蚕豆发芽后加五香大料煮成的,烂到一挤即出。

"铁蚕豆"是把蚕豆炒熟,其干硬似铁。牙齿不牢者不敢轻试,但亦有酥皮者,较易嚼。

夏季雨后照例有小孩提着竹篮赤足蹚水而高呼"干香豌豆",咸滋滋的也很好吃。

"豆腐丝",粗糙如豆腐渣,但有人拌葱卷饼而食之。

"豆渣糕"是芸豆泥做的,做圆球形,蒸食,售者以竹筷插之,一插即是两颗,加糖及黑糖水食之。

"甑儿糕",是米面填木碗中蒸之,咝咝作响。顷刻而熟。

"浆米藕"是老藕孔中填糯米,煮熟切片加糖而食之。挑子周围经常环绕着馋涎欲滴的小孩子。

北平的"酪"是一项特产,用牛奶凝冻而成,夏日用冰镇,凉香可口,讲究一点的酪在酪铺发售,沿街贩卖者亦不恶。

"白薯"(即南人所谓红薯),有三种吃法,初秋街上喊"栗子味儿的"者是干煮白薯,细细小小的一根根地放在车上卖。稍后喊"锅底儿热和"者为带汁的煮白薯,块头较大,亦较甜。此外是烤白薯。

"老玉米"(即玉蜀黍)初上市时也有煮熟了在街上卖的。对于城市中人这也是一种新鲜滋味。

沿街卖的"粽子",包得又小又俏,有加枣的,有不加枣的,摆在盘子里齐整可爱。

北平没有汤圆,只有"元宵",到了元宵季节街上有叫卖煮元宵的。袁世凯称帝时,曾一度禁称元宵,因与"袁消"二字音同,改称汤圆,可嗤也。

糯米团子加豆沙馅,名曰"艾窝"或"艾窝窝"。

黄米面做的"切糕",有加红豆的,有加红枣的,卖时切成斜块,插以竹签。

菱角是小的好,所以北平小贩卖的是小菱角,有生有熟,用剪去刺，当中剪开。很少有卖大的红菱者。

"老鸡头"即芡实。生者为刺囊状，内含芡实数十颗，熟者则为圆硬粒，须敲碎食其核仁。

供儿童以糖果的，从前是"打镗锣的"，后又有卖"梨糕"的，此外如"吹糖人的"，卖"糖杂面的"，都经常徘徊于街头巷尾。

"爬糕""凉粉"都是夏季平民食物，又酸又辣。

"驴肉"，听起来怪骇人的，其实切成大片瘦肉，也很好吃。是否有骆驼肉马肉混在其中，我不敢说。

担着大铜茶壶满街跑的是卖"茶汤"的，用开水一冲，即可调成一碗茶汤，和铺子里的八宝茶汤或牛髓茶固不能比，但亦颇有味。

"油炸花生仁"是用马油炸的，特别酥脆。

北平"酸梅汤"之所以特别好，是因为使用冰糖，并加玫瑰木樨之类。信远斋的最合标准，沿街叫卖的便徒有其名了，而且加上天然冰亦颇有碍卫生。卖酸梅汤的普通兼带"玻璃粉"及小瓶用玻璃球做盖的汽水。"果子干"也是重要的一项副业，用杏干柿饼鲜藕煮成。"玫瑰枣"也很好吃。

冬天卖"糖葫芦"，裹麦芽糖或糖稀的不太好，蘸冰糖的才好吃。各种原料皆可制糖葫芦，唯以"山里红"为正宗。其他如海棠、山药、山药豆、杏干、核桃、荸荠、橘子、葡萄、金橘等均佳。

北地苦寒，冬夜特别寂静，令人难忘的是那卖"水萝卜"

的声音,"萝卜——赛梨——辣了换!"那红绿萝卜,多汁而甘脆,切得又好,对于北方偎在火炉旁边的人特别有沁人脾胃之效。这等萝卜,别处没有。

有一种内空而瘪小的花生,大概是拣选出来的不够标准的花生,炒焦了之后,其味特香,远在白胖的花生之上,名曰"抓空儿",亦是冬夜的一种点缀。

夜深时往往听到沉闷而迟缓的"硬面饽饽"声,有光头、凸盖、镯子等,亦可充饥。

水果类则四季不绝地应世,诸如,三白的大西瓜、蛤蟆酥、羊角蜜、老头儿乐、鸭儿梨、小白梨、肖梨、糖梨、烂酸梨、沙果、苹果、虎拉车、杏、桃、李、山里红、柿子、黑枣、嘎嘎枣、老虎眼大酸枣、荸荠、海棠、葡萄、莲蓬、藕、樱桃、桑葚、槟子……不可胜举,都在沿门求售。

以上约略举说,只就记忆所及,挂漏必多。而且数十年来,北平也正在变动,有些小贩由式微而没落,也有些新的应运而生,比我长一辈的人所见所闻可能比我要丰富些,比我年轻的人可能遇到一些较新鲜而失去北平特色的事物。总而言之,北平是在向新颖而庸俗方面变,在零食小贩上即可窥见一斑。如今呢,胡尘涨宇,面目全非,这些小贩,还能保存一二与否,恐怕在不可知之数了。但愿我的回忆不是永远地成为回忆!

"疲马恋旧秣，羁禽思故栖"

如今隔了半个多世纪，房子一定是面目全非了，其实人也不复是当年的模样，纵使我能回去，探视旧居，恐怕我将认不得房子，而房子恐怕也认不得我了。

"疲马恋旧秣，羁禽思故栖"是孟郊的句子，人与疲马羁禽无异，高飞远走，疲于津梁，不免怀念自己的旧家园。

我的老家在北平，是距今一百几十年前由我祖父所置的一所房子。坐落在东城相当热闹的地区，出胡同东口往北是东四牌楼，出胡同西口是南小街子。东四牌楼是四条大街的交叉口，所以商店林立，市容要比西城的西四牌楼繁盛得多。牌楼根儿底下靠右边有一家干果子铺，是我家投资开设的，领东的掌柜的姓任，山西人，父亲常在晚间带着我们几个孩子溜达着到那里小憩，掌柜的经常飨我们以汽水，用玻璃球做塞子的那种小瓶汽水，仰着脖子对着瓶口汩汩而饮之，还有从蜜饯缸里抓出来的蜜饯桃脯的一条条的皮子，当时我认为那是一大享受。南小街子可是又脏又臭又泥泞的一条路，我小时候每天必须走一段南小街去上学，时常在羊肉床子看宰羊，在切面铺买"乾蹦儿"或糖火烧吃。胡同东口外斜对面就是灯市口，是较宽敞的一条街，在那里有当时惟一可以买到英文教科书《汉英初阶》及墨水钢笔的汉英图书馆，以后又添了一家郭纪云，路南还有一家小有名气的专卖卤虾小菜臭豆腐的店。往南走约十五分钟进金鱼胡同便是东安市场了。

我的家是一所不大不小的房子。地基比街道高得多，门前有四层石台阶，情形很突出，人称"高台阶"。原来门前还有左右分列的上马石凳，因妨碍交通而拆除了。门不大，黑漆红心，浮刻黑字"忠厚传家久，诗书继世长"，门框旁边木牌刻着"积善堂梁"四个字，那时人家常有堂号，例如三槐堂卫、百忍堂张等等，积善堂梁出自何典我不知道。积善之家必有余庆，语见《易经》，总是勉人为善的好话，作为我们的堂号亦颇不恶。打开大门，里面是一间门洞，左右分列两条懒凳，从前大门在白昼是永远敞着的，谁都可以进来歇歇脚。一九一一年兵变之后才把大门关上，进了大门迎面是两块金砖镂刻的"戬谷"两个大字，戬谷一语出自《诗经》"俾尔戬谷"，戬是福，谷是禄，取其吉祥之义。前面放着一大缸水葱（正名为莞，音冠），除了水冷成冰的时候总是绿油油的，长得非常旺盛。

向左转进四扇屏门，是前院，坐北朝南三间正房，中间一间辟为过厅，左右两间一为书房一为佛堂。辛亥革命前两年，我的祖父去世，佛堂取消，因为我父亲一向不喜求神拜佛，这间房子成了我的卧室，那间书房属于我的父亲，他镇日价在里面摩挲他的那些有关金石小学的书籍，前院的南边是临街的一排房，作为佣人的居室。前院的西边又是四扇屏门，里面是西跨院，两间北房由塾师居住，两间南房堆置书籍，后来改成了我的书房。小跨院种了四棵紫丁香，高逾墙外，春暖花开时满院芬芳。

走进过厅，出去又是一个院子，迎面是一个垂花门，门旁有四大盆石榴树，花开似火，结实大而且多，院里又有几棵梨树，后来砍伐改种四棵西府海棠，院子东头是厨房，绕过去一个月亮门通往东院，有一棵高庄柿子树，一棵黑枣树，年年收获累累，此外还有紫荆、榆叶梅等等，我记得这个东院主要用途是摇煤球，年年秋后就要张罗摇煤球，要敷一冬天的使用。煤黑子把煤渣与黄土和在一起，加水，和成稀泥，平铺在地面，用铲子剁成小方粒，放在大簸箩里像滚元宵似的滚成圆球，然后摊在地上晒，这份手艺真不简单，我儿时常在一旁参观十分欣赏。如遇天雨，还要急速动员抢救，否则化为一汪黑水全被冲走了。在那厨房里我是不受欢迎的，厨师嫌我们碍手碍脚，拉面的时候总是塞给我一团面教我走得远远的，我就玩那一团面，直玩到那团面像是一颗煤球为止。

进了垂花门便是内院，院当中是一个大鱼缸，一度养着金鱼，缸中还矗立着一座小型假山，山上有桥梁房舍之类，后来不知怎么水也涸了,假山也不见了,干脆作为堆置煤灰煤渣之处,一个鱼缸也有它的沧桑!东西厢房到夏天晒得厉害,虽有前廊也无济于事,幸有宽幅一丈以上的帐篷三块每天及时支起,略可遮抗骄阳。祖父逝后,内院建筑了固定的铅铁棚,棚中心设置了两扇活动的天窗,至是"天棚鱼缸石榴树……"乃初具规模。民元之际,家里的环境突然维新,一日之内小辫子剪掉了好几根,而且装上了庞然巨物钉在墙上的"德律风",号码是六八六。照明的工具原来都是油灯、猪蜡,只有我父亲看书时才能点白光熠熠的僧帽牌的洋蜡,煤油灯认为危险,一向抵制不用,至是里里外外装上了电灯,大放光明。还有两架电扇,西门子制造的,经常不准孩子们走近五尺距离以内,生怕削断了我们的手指。

　　内院上房三间,左右各有套间两间。祖父在的时候,他坐在炕上,隔着玻璃窗子外望,我们在院里跑都不敢跑。有一次我们几个孩子听见胡同里有"打糖锣儿的"的声音,一时忘形,蜂拥而出,祖父大吼:"跑什么?留神门牙!"打糖锣儿的乃是卖糖果的小贩,除了糖果之外兼卖廉价玩具、泥捏的小人、蜡烛台、小风筝、摔炮,花样很多,我母亲一律称之为"土筐货"。我们买了一些东西回来,祖父还坐在那里,唤我们进去。上房是我们非经呼唤不能进去的,而且是一经呼唤便非进去不可的,我们战战兢兢地鱼贯而入,他指着我问:"你手里拿着什么?"我说:"糖。""什么糖?"我递出了手指粗细的两根,一支黑的,一支白的。我解释说:"这黑的,我们取名为狗屎橛;这白的为猫屎橛。"实则那黑的是杏干做的,白的是柿霜糖,祖父笑着接过去,一支咬一口尝尝,连说:"不错,不错。"他要我们下次买的时候也给他买两支。我们奉了圣旨,下次听到糖锣儿一响,一涌而出,站在院子里大叫:"爷爷,你吃猫屎橛,还是吃狗屎橛?"爷爷会立即答腔:"我吃猫屎橛!"这是我所记得的与祖父建立密切关系的开始。

父母带着我们孩子住西厢房,我同胞一共十一个,我记事的时候已经有四个,姊妹兄弟四个孩子睡一个大炕,好热闹,尤其是到了冬天,白天玩不够,夜晚钻进被窝齐头睡在炕上还是吱吱喳喳笑语不休。母亲走过来巡视,把每个孩子脖梗子后面的棉被塞紧,使不透风,我感觉得异常的舒适温暖,便怡然入睡了。我活到如今,夜晚睡时脖梗子后面透凉气,便想到母亲当年那一份爱抚的可贵。母亲打发我们睡后还有她的工作,她需要去伺候公婆的茶水点心,直到午夜;她要黎明即起,张罗我们梳洗,她很少睡觉的时间。可是等到"多年的媳妇熬成婆",这情形又周而复始,于是女性惨矣!

大家庭的膳食是有严格规律的,祖父母吃小锅饭,父母和孩子吃普通饭,男女仆人吃大锅饭,只有吃煮饽饽吃热汤面是例外。我们北方人,饭桌上没有鱼虾,烩虾仁、溜鱼片是馆子里的菜,只有春夏之交黄鱼、大头鱼相继进入旺季,全家才能大快朵颐,每人可以分到一整尾。秋风起,要吃一两回铛爆羊肉，牛肉是永远不进家门的。院子里升起一大红泥火炉的熊熊炭火，有时也用柴，噼噼啪啪地响，铛上肉香四溢，颇为别致。秋高蟹肥，当然也少不了几回持螯把酒，平时吃的饭是标准的家常饭，到了特别的吉庆之日，看祖父母的高兴，说不定就有整只烤猪或是烧鸭之类的犒劳。祖父母的小锅饭也没有什么了不起，也不过是爆羊肉、烧茄子、焖扁豆之类，不过是细切细做而已。我记得祖父母进膳时，有时看到我们在院里拍皮球便喊我们进去，教我们张开嘴巴，用筷子夹起半肥半瘦的羊肉片往嘴里塞，我们实在不欣赏肥肉，闭着嘴跑到外面就吐出来，祖父有时候吃得高兴，便教"跑上房的"小厮把厨子唤来，隔着窗子对他说："你今天的爆羊肉做得好，赏钱两吊！"厨子在院中慌忙屈腿请安，连声谢谢，我觉得很好笑。我祖母天天要吃燕窝，夜晚由老张妈戴上老花眼镜坐在门旮旯儿弓着腰驼着背摘燕窝上的细茸毛，好可怜，一清早放在一个薄铫儿里在小炉子上煨。官燕木盒子是我们的，黑漆金饰，很好玩。

　　我母亲从来不下厨房，可是经我父亲特烦，她会亲自买回鱼鲜笋蕈之类。母亲亲操刀砧，做出来的菜硬是不同。我十四岁进了清华学校，每星期只准回家一次，除去途中往返，在家只有一顿午饭从容的时间，母亲怜爱我，总是亲自给我特备一道菜，她知道我爱吃什么，时常是一大盘肉丝韭黄加冬笋木耳丝，临起锅加一大勺花雕酒——菜的香，母的爱，现在回忆起来不禁涎欲滴而泪欲垂！

我生在西厢房,长在西厢房,回忆儿时生活大半在西厢房的那个大炕上。炕上有个被窝垛,由被褥堆垛起来的,十床八床被褥可以堆得很高,我们爬上爬下以为戏,直到把被窝垛压到连人带被一齐滚落下来然后已。炕上有个炕桌,那是我们启蒙时写读的所在。我同哥姐四个人,盘腿落脚地坐在炕上,或是把腿伸到桌底下,夜晚靠一盏油灯,三根灯草,描红模子,写大字,或是朗诵"一老人,入市中,买鱼两尾,步行回家"。我会满怀疑虑地问父亲:"为什么他买鱼两尾就不许他回家?"惹得一家大笑。有一回我们围着炕桌夜读,我两腿清酸,一时忘形把膝头一拱,哗啦啦一声炕桌滑落地上,油灯墨盒泼洒得一塌糊涂。母亲有时督促我们用功,不准我们淘气,手里握着笤帚疙瘩或是掸子把儿,做威吓状,可是从来没有实行过体罚。这西厢房就是我的窝,夙兴夜寐,没有一个地方比这个窝更为舒适。虽然前面有廊檐而后面无窗,上支下摘的旧式房屋就是这样的通风欠佳。我从小就是喜欢早起早睡,祖父生日有时叫一台"托偶戏"在院中上演,有时候是滦州影戏,唱的无非是什么盘丝洞、走鼓沾棉、三娘教子、武家坡之类,大锣大鼓,尖声细嗓,我吃不消,我依然是按时回房睡觉,大家目我为落落寡合的怪物。可是影戏里有一个角色我至今不忘,那就是每出戏完毕之后上来叩谢赏钱的那个小丑,满身袍褂靴帽而脑后翘着一根小辫,跪下来磕三个响头,有人用惊堂木配合着用力敲三下,砰砰砰,清脆可听,我所以对这个角色发生兴趣,是因为他滑稽，同时代表那种只为贪图一吊两吊的小利就不惜卑躬屈节向人磕头的奴才相。这种奴才相在人间世里到处皆是。

小时过年固然热闹，快意之事也不太多。除夕满院子洒上芝麻秸，踩上去喀吱喀吱响，一乐也；宫灯、纱灯、牛角灯全部出笼，而孩子们也奉准每人提一只纸糊的"气死风"，二乐也；大开赌戒，可以掷状元红，呼卢喝雉，难得放肆，三乐也。但是在另一方面，年菜年年如是，大量制造，等于是天天吃剩菜，几顿煮饽饽吃得人倒尽胃口。杂拌儿么，不管粗细，都少不了尘埃细沙杂拌其间，吃到嘴里牙碜。撤供下来的蜜供也是罩上了薄薄一层香灰。压岁钱则一律塞进"扑满"，永远没满过，也永远没扑过，后来不知到哪里去了。天寒地冻，无处可玩，街上店铺家家闭户，里面不成腔调的锣鼓点儿此起彼落。厂甸儿能挤死人，为了"喝豆汁儿，就咸菜儿，琉璃喇叭大沙雁儿"，真犯不着。过年最使人窝心的事莫过于挨门去给长辈拜年，其中颇有些位只是年龄比我长些，最可恼的是有时候主人并不挡驾而教你进入厅堂朝上磕头，从门帘后面蓦地钻出一个不三不四的老妈妈，"哟，瞧这家的哥儿长得可出息啦！"辛亥革命以后我们家里不再有这些繁文缛节。

还有一个后院，四四方方的，相当宽绰。正中央有一棵两人合抱的大榆树。后边有榆（余）取其吉利。凡事要留有余，不可尽，是我们民族特性之一。这棵榆树不但高大而且枝干繁茂，其圆如盖，遮满了整个院子。但是不可以坐在下面乘凉，因为上面有无数的红毛绿毛的毛虫，不时的落下来，咕咕嚷嚷的惹人嫌。榆树下面有一个葡萄架，近根处埋一两只死猫，年年葡萄丰收，长长的马乳葡萄。此外靠边还有香椿一、花椒一、嘎嘎儿枣一。每逢春暮，榆树开花结荚，名为榆钱。榆荚纷纷落下时，谓之"榆荚雨"（见《荆楚岁时记》）。施肩吾咏榆荚诗："风吹榆钱落如雨，绕林绕屋来不住。"我们北方人生活清苦，遇到榆荚成雨时就要吃一顿榆钱糕。名为糕，实则捡榆钱洗净，和以小米面或棒子面，上锅蒸熟，舀取碗内，加酱油醋麻油及切成段的葱白葱叶而食之。我家每做榆钱糕成，全家上下聚在院里，站在阶前分而食之。比《帝京景物略》所说"四月榆初钱，面和糖蒸食之"还要简省。仆人吃过一碗两碗之后，照例要请安道谢而退。我的大哥有一次不知怎的心血来潮，吃完之后也走到祖母跟前，屈下一条腿深深请了个安，并且说了一声"谢谢您！"祖母勃然大怒，"好哇！你把我当做什么人？……"气得几乎晕厥过去。父亲迫于形势，只好使用家法了。从墙上取下一根藤马鞭，高高举起，轻轻落下，一五一十地打在我哥哥的屁股上，我本想跟进请安道谢，幸而免，吓得半死，从此我见了榆钱就恶心，对于无理的专制与压迫在幼小时就有了认识。后院东边有个小院，北房三间，南房一间，其间有一口井。井水是苦的，只可汲来洗衣洗菜，但是另有妙用，夏季把西瓜系下去，隔夜取出，透心凉。

想起这栋旧家宅，顺便想起若干儿时事。如今隔了半个多世纪，房子一定是面目全非了，其实人也不复是当年的模样，纵使我能回去，探视旧居，恐怕我将认不得房子，而房子恐怕也认不得我了。

食味

辑四

突然想起此味,乃不惜于风雪之中奔走一小时……

馋

> 馋非罪，反而是胃口好、健康的现象，比食而不知其味要好得多。

馋，在英文里找不到一个十分适当的字。罗马暴君尼禄，以至于英国的亨利八世，在大宴群臣的时候，常见其撕下一根根又粗又壮的鸡腿，举起来大嚼，旁若无人，好一副饕餮相！但那不是馋。埃及废王法鲁克，据说每天早餐一口气吃二十个荷包蛋，也不是馋，只是放肆，只是没有吃相。对某一种食物有所偏好，于是大量地吃，这是贪多无厌。馋，则着重在食物的质，最需要满足的是品味。上天生人，在他嘴里安放一条舌，舌上还有无数的味蕾，教人焉得不馋？馋，基于生理的要求；也可以发展成为近于艺术的趣味。

也许我们中国人特别馋一些，馋字从食，毚声。毚音逸，本义是狡兔，善于奔走，人为了口腹之欲，不惜多方奔走以膏馋吻，所谓"为了一张嘴，跑断两条腿"。真正的馋人，为了吃，绝不懒。我有一位亲戚，属汉军旗，又穷又馋。一日傍晚，大风雪,老头子缩头缩脑偎着小煤炉子取暖。他的儿子下班回家,顺路市得四只鸭梨,以一只奉其父。父得梨,大喜,当即啃了半只,随后就披衣戴帽,拿着一只小碗,冲出门外,在风雪交加中不见了人影。他的儿子只听得大门哐啷一声响,追已无及。越一小时,老头子托着小碗回来了,原来他是要吃温桲拌梨丝!从前酒席,一上来就是四干、四鲜、四蜜饯,温桲、鸭梨是现成的,饭后一盘温桲拌梨丝别有风味(没有鸭梨的时候白菜心也能代替)。这老头子吃剩半个梨,突然想起此味,乃不惜于风雪之中奔走一小时。这就是馋。

　　人之最馋的时候是在想吃一样东西而又不可得的那一段期间。希腊神话中之谭塔勒斯,水深及颚而不得饮,果实当前而不得食,饿火中烧,痛苦万状,他的感觉不是馋,是求生不成求死不得。馋没有这样的严重。人之犯馋,是在饱暖之余,眼看着、回想起或是谈论到某一美味,喉头像是有馋虫搔抓作痒,只好干咽唾沫。一旦得遂所愿,悠情享受,浑身通泰。抗战八年,我在后方,真想吃故都的食物。人就是这个样子,对于家乡风味总是念念不忘,其实"千里莼羹,未下盐豉"也不见得像传说的那样迷人。我曾痴想北平羊头肉的风味,想了七八年;胜利还乡之后,一个冬夜,听得深巷卖羊头肉小贩的吆喝声,立即从被窝里爬出来,把小贩唤进门洞,我坐在懒凳上看着他于暗淡的油灯照明之下,抽出一把雪亮的薄刀,横着刀刃片羊脸子,片得飞薄,然后取出一只蒙着纱布的羊角,洒上一些椒盐。我托着一盘羊头肉，重复钻进被窝，在枕上将一片一片的羊头肉放进嘴里，不知不觉地进入了睡乡，十分满足地解了馋瘾。但是，老实讲，滋味虽好，总不及在痴想时所想象的香。我小时候，早晨跟我哥哥步行到大鹁鸽市陶氏学堂上学，校门口有个小吃摊贩，切下一片片的东西放在碟子上，洒上红糖汁、玫瑰木樨，淡紫色，样子实在令人馋涎欲滴。走近看，知道是糯米藕。一问价钱，要四个铜板，而我们早点费每天只有两个铜板，我们当下决定，饿一天，明天就可以一尝异味。所付代价太大，所以也不能常吃。糯米藕一直在我心中留下不可磨灭的印象。后来成家立业，想吃糯米藕不费吹灰之力，餐馆里有时也有供应，不过浅尝辄止，不复有当年之馋。

馋与阶级无关。豪富人家，日食万钱，犹云无下箸处，是因为他这种所谓饮食之人放纵过度，连馋的本能和机会都被剥夺了，他不是不馋，也不是太馋，他麻木了，所以他就要千方百计地在食物方面寻求新的材料、新的刺激。我有一位朋友，湖南桂东县人，他那偏僻小县却因乳猪而著名，他告我说每年某巨公派人前去采购乳猪，搭飞机运走，充实他的郇厨。烤乳猪，何地无之？何必远求？我还记得有人治寿筵，客有专诚献"烤方"者，选尺余见方的细皮嫩肉的猪臀一整块，用铁钩挂在架上，以炭肉燔炙，时而武火，时而文火，烤数小时而皮焦肉熟。上桌时，先是一盘脆皮，随后是大薄片的白肉，其味绝美，与广东的烤猪或北平的炉肉风味不同，使得一桌的珍馐相形见绌。可见天下之口有同嗜，普通的一块上好的猪肉，苟处理得法，即快朵颐。像《世说新语》所谓，王武子家的烝豚，乃是以人乳喂养的，实在觉得多此一举，怪不得魏武未终席而去。人是肉食动物，不必等到"七十者可以食肉矣"，平夙有一些肉类佐餐，也就可以满足了。

北平人馋，可是也没听说有谁真个馋死，或是为了馋而倾家荡产。大抵好吃的东西都有个季节，逢时按节地享受一番，会因自然调节而不逾矩。开春吃春饼，随后黄花鱼上市，紧接着大头鱼也来了，恰巧这时候后院花椒树发芽，正好掐下来烹鱼。鱼季过后，青蛤当令。紫藤花开，吃藤萝饼；玫瑰花开，吃玫瑰饼；还有枣泥大花糕。到了夏季，"老鸡头才上河哟"，紧接着是菱角、莲蓬、藕、豌豆糕、驴打滚、艾窝窝，一起出现。席上常见水晶肘，坊间唱卖烧羊肉，这时候嫩黄瓜、新蒜头应时而系。秋风一起，先闻到糖炒栗子的气味，然后就是馋烤涮羊肉，还有七尖八团的大螃蟹。"老婆老婆你别馋，过了腊八就是年。"过年前后，食物的丰盛就更不必细说。一年四季地馋，周而复始地吃。

馋非罪，反而是胃口好、健康的现象，比食而不知其味要好得多。

由熊掌说起

> 我常想,上天虽然待人不薄,口腹之欲究竟有个限度,天下之口有同嗜,真正的美食不过是一般色香味的享受,不必邪魔外道地去搜求珍异。

《中国语文》二〇六期(第三十五卷第二期)刘厚醇先生《动物借用词》一文:

"鱼我所欲也,熊掌亦我所欲也;二者不可得兼,舍鱼而取熊掌也。"这是孟子的话。我怀疑孟子是否真吃过熊掌,我确信本刊的读者里没有人吃过熊掌。孟子这句话的意思是:假如不可能两个目标同时达到,应该放弃比较差一点的一个,而选择比较好一点的一个目标。熊掌和猩唇、驼峰全属于"八珍",孟子用它来代表珍贵的东西;鱼是普通食物,代表平凡的东西。"鱼与熊掌"现在已经成为广泛通用的一句话,因为这个譬喻又简单又确切。(虽然,差不多所有的人全没吃过熊掌;如果当真地叫一般人去选择的话,恐怕全要"舍熊掌而取鱼也"!)

我也不知道孟子是否真吃过熊掌。若说"本刊的读者里没有吃过熊掌",则我不敢"确信",因为我是"本刊的读者"之一,我吃过。

民国十一二年间,有一天侍先君到北京东兴楼小酌。我们平常到饭馆去是有固定的房间的,这一天堂倌抱歉地说:"上房一排五间都被王正廷先生预订了,要委屈二位在南房左边一间将就一下。"这无所谓。不久,只见上房灯火辉煌,衣冠济济,场面果然很大。堂倌给我们上菜之后,小声私语:"今天实在对不起,等一下我有一点外敬。"随后他端上了一盘热腾腾的黏糊糊的东西。他说今天王正廷宴客,有熊掌一味,他偷偷地匀出来一小盘,请我们尝尝。这虽然近似贼赃,但他一番雅意却之不恭,而且这东西的来历如何也正难言。一饮一啄,莫非前定,我们也就接受了。

熊掌吃在嘴里,像是一块肥肉,像是"寿司",又像是鱼唇,又软又黏又烂又腻。高汤煨炖,味自不恶,但在触觉方面并不感觉愉快,不但不愉快,而且好像难以下咽。我们没有下第二箸,真是辜负了堂倌为我们做贼的好意。如果我有选择的自由,我宁舍熊掌而取鱼。

事有凑巧,初尝异味之后不久,过年的时候,厚德福饭庄黑龙江分号执事送来一大包东西,大概是年礼吧,打开一看,赫然熊掌,黑不溜秋的,上面还附带着一些棕色的硬毛。据说熊掌须用水发,发好久好久,然后洗净切片下锅煨煮,又要煮好久好久，而且煨煮之时还要放进许多美味的东西以为佐料。谁有闲工夫搞这个劳什子！熊掌既为八珍之一，干脆，转送他人。

所谓"八珍"，历来的说法不尽相同，《礼记》内则提到的"淳熬、淳母、炮豚、炮牂、捣珍、渍、熬、肝"，描述制作之法，其原料不外"牛、羊、麋、鹿、麇、豕、狗、狼"；近代的说法好像是包括"龙肝、凤髓、豹胎、鲤尾、鸮炙、猩唇、熊掌、酥酪蝉"。其鸮中一部分好像近于神奇，一部分听起来就怪吓人的。所谓珍，全是动物性的。我常想，上天虽然待人不薄，口腹之欲究竟有个限度，天下之口有同嗜，真正的美食不过是一般色香味的享受，不必邪魔外道地去搜求珍异。偶阅明人徐树丕《识小录》，有《居服食三等语》一则：

汤东谷语人曰："学者须居中等屋，服下等衣，食上等食。何者？茅茨土阶，非今所宜。瓦屋八九间，仅藏图书足矣，故曰中等屋。衣不必绫罗锦绣也，夏葛冬布，适寒暑足矣，故曰下等衣。至于饮食，则当远求名胜之物，山珍海错。名茶法酒，色色俱备，庶不为凡流俗士，故曰上等食也。"

中等屋、下等衣，吾无闲言。唯所谓上等食，乃指山珍海错而言，则所见甚陋。以言美食，则鸡鸭鱼肉自是正味，青菜豆腐亦有其香，何必龙肝凤髓方得快意？苟烹调得法，日常食物均可令人满足。以言营养，则蛋白质、碳水化合物、菜蔬瓜果，匀配平衡，饮食之道能事尽矣。我尝以为吃在中国，非西方所能望其项背，寻思恐未必然，传统八珍之说徒见其荒诞不经耳。

《世说新语·言语》二十六："有千里莼羹，但未下盐豉耳。"赵璘《因话录》："千里莼羹，未闻盐与豉相调和，非也。盖末字误书为未。末下乃地名，千里亦地名，此二处产此二物耳。其地今属平江。"今人杨勇《世说新语校笺》第六八页："宋本作'但未下盐豉耳'。未下，当作'末下'，'但'字后人臆增。千里、末下皆地名。"盖亦袭赵璘语，更指但字为臆增耳。赵璘是唐朝人，想见唐写本即有此误，宋本因之耳。

末下即秣陵，可能不误。秣陵是古地名，其地点代有变革，约当今之南京。余曾卜居南京，不闻有特产盐豉。以余所知，杭州豆豉确是甚佳。因思莼羹与盐豉可能有涉，但余从先君及舅氏在杭州楼外楼数度品尝莼羹，均是清汤，极为淡雅，似又绝无调和盐豉之可能。古今烹调方法不同耶？抑各地有异耶？疑怀莫释。

宋人黄彻《䂬溪诗话》卷九："千里莼羹，未下盐豉，盖言未受和耳。子美'豉化莼丝熟'，又'豉添莼菜紫'。圣俞《送人秀州》云'剩持盐豉煮紫莼'。鲁直'盐豉欲催莼菜紫'。"似此唐宋之人亦有习于以盐豉调和莼羹者矣。吾欲起赵璘于地下而质之。

圆桌与筷子

> "我们最重礼让,是用筷子夹菜给坐在对面的人吃。"

我听人说起一个笑话,一个中国人向外国人夸说中国的伟大,圆餐桌的直径可以大到几乎一丈开外。外国人说:"那么你们的筷子有多长呢?""六七尺长。""那样长的筷子,如何能夹起菜来送到自己嘴里呢?""我们最重礼让,是用筷子夹菜给坐在对面的人吃。"

大圆桌我是看见过的,不是加盖上去的圆桌面,是定制的大型圆餐桌,周遭至少可以坐二十四个人,宽宽绰绰的一点也不挤,绝无"菜碗常需头上过,酒壶频向耳边洒"的现象。桌面上有个大转盘(英语名为"懒苏珊"),转盘有自动旋转的装置,主人按钮就会不疾不徐地转。转盘上每菜两大盘,客人不需等待旋转一周即可伸手取食。这样大的圆桌有一个缺点,除了左右邻座之外,彼此相隔甚远,不便攀谈,但是这缺点也许正是优点,不必没话找话,大可埋头猛吃,做食不语状。

我们的传统餐桌本是方的，所谓八仙桌，往日喜庆宴都是用方桌，通常一席六个座位，有时下手添个长凳打横，只有在特殊情形下才加上一个圆桌面。炕上餐桌也是方的。方桌折角打开变成圆桌（英语所谓"信封桌"），好像是比较晚近的事了。

许多人团聚在一起吃饭，尤其是讲究吃的东西要烫嘴热，当然以圆桌为宜，把食物放在桌中央，由中央到圆周的半径是一样长，各人伸箸取食，有如辐辏于毂。因为圆桌可能嫌大，现在几乎凡是圆桌必有转盘，可恼的是直眉瞪眼的餐厅侍者多半是把菜盘往转盘中央一丢，并不放在转盘的边缘上，然后掉头而去，转盘等于虚设。

西方也不是没有圆桌。亚瑟王的圆桌骑士是赫赫有名的，那圆桌据说当初可以容一百五十名骑士就座，真不懂那样大的圆桌能放在什么地方，也许是里三层外三层围绕着吧。近代外交坛坫上常有所谓圆桌会议，也许是微带椭圆之形，其用意在于宾主座位不分上下。这都不能和我们中国的圆桌相提并论，我们的圆桌是普遍应用的，家庭聚餐时，祖孙三代团团坐，有说有笑，融融泄泄；友朋宴饮时，敬酒、豁拳、打通关都方便。吃火锅，更非圆桌不可。

筷子是我们的一大发明。原始人吃东西用手抓，比不会用手抓的禽兽已经进步很多，而两根筷子则等于是手指的伸展，比猿猴使用树枝拨弄东西又进一步。筷子运用起来可以灵活无比，能夹、能戳、能撮、能挑、能扒、能掰、能剥，凡是手指能做的动作，筷子都能。没人知道筷子是何时何人发明的。如果《史记》所载不虚，"纣为象箸而箕子唏"，纣王使用象牙筷子而箕子忍气吞声地叹气，象牙筷子的历史可说是很久远了。箸原是筴，竹子做的筷子；又作梜，木头做的筷子。象牙筷子并没有什么好，怕烫，容易变色。假象牙筷子颜色不对，没有纹理，更容易变色，而且在吃香酥鸭的时候，拉扯用力稍猛就会咔嚓一声断为两截。倒是竹筷子最好，湘妃竹固然好，普通竹也不错，髹油漆固然好，本色尤佳。做祖父母的往往喜欢使用银箸，通常是短短细细的，怕分量过重，这只为了表示其地位之尊崇。金箸我尚未见过，恐怕未必中用。箸之长短不等，湖南的筷子特长，盘子也特大，但是没有长到烤肉的筷子那样。

西方人学习用筷子那副笨相可笑，可是我们幼时开始用筷子的时候，又何尝不是像狗熊耍扁担？稍长，我们使筷子的伎俩都精了——都太精了。相传少林绝技之一是举箸能夹住迎面飞来的弹丸，据说是先从用筷子捕捉苍蝇练成的一种功夫。一般人当然没有这种本领，可是在餐桌之上我们也常有机会看到某些人使用筷子的一些招数。一盘菜上桌，有人挥动筷子如舞长矛，如野火烧天横扫全境，有人胆大心细彻底翻腾如拨草寻蛇，更有人在汤菜碗里拣起一块肉，掂掂之后又放下了，再拣一块再掂掂再放下，最后才选得比较中意的一块，夹起来送进血盆大口之后，还要把筷子横在嘴里吮一下，于是有人在心里嘀咕：这样做岂不是把你的口水都污染了食物，岂不是让大家都于无意中吃了你的口水？

其实口水未必脏。我们自己吃东西都是伴着口水吃下去的，不吃东西的时候也常咽口水的。不过那是自己的口水，不嫌脏。别人的口水也未必脏。我不相信谁在热恋中没有大口大口咽过难分彼此的一些口水。怕的是口水中带有病菌，传染给别人和被人传染给自己都不大好。毛病不是出在筷子上，是出在我们吃的方式上。

六十多年前，我的学校里来了一位教英语的老师，我只记得他姓钟，外号人称"钟善人"，他在学校及附近乡村里狂热地提倡两件事，一是植树，一是进餐时每人用两副筷子，一副用于取食，一副用于夹食入口。植树容易，一年只有一度，两副筷子则窒碍难行。谁有那样的耐心，每餐两副筷子此起彼落地交换使用？如今许多人家，以及若干餐馆，筷子仍是人各一双，但是菜盘汤碗各附一个公用的大匙，这个办法比较简便，解决了互吃口水的问题。东洋御料理老早就使用木质的短小的筷子，用毕即丢弃。人家能，为什么我们不能？我愿象牙筷子、乌木筷子以及种种珍奇贵重的筷子都保存起来，将来作为古董赏玩。

《饮膳正要》

> 读此书令人最惊异的是，我们现代的人在饮食方面有很大一部分尚流连在《饮膳正要》所代表的阶段。

我们中国旧书专门讲究饮食一道的恐怕是以《饮膳正要》为最早的一部。此书作者是元朝的一位"饮膳太医"，名忽思慧，书成于天历三年。按天历是元文宗的年号，文宗在位五年，天历三年是一三三〇年，距今已六百五十余年。作者姓名据《四部丛刊》影印本（张元济跋谓为明景泰间重刻本）是忽思慧，《四库提要》作和斯辉，字不同而音近，显然是译音，作者必是蒙古族人。《四库提要》作和斯辉，必是根据另一版本。皕宋楼与铁琴铜剑楼藏本均属明刻，事实上此书传本极稀，市面流通多为抄本，作者译名有异亦不足奇。所谓饮膳太医是元朝的官名，元世祖时设掌饮膳太医四人，忽思慧乃四人中之一。他的进书奏云：

臣思慧自延祐年间选充饮膳之职，于兹有年，久叨天禄，退思无以补报，敢不竭书忠诚以答洪恩之万一。是以日有余间，与赵国公臣普兰奚将累朝亲侍进用奇珍异馔、汤膏煎造及诸家本草、名医方术，并日所必用谷肉果菜，取其性味补益者，集成一书，名曰《饮膳正要》，分为三卷。《本草》有未收者今即采摭附写。伏望陛下恕其狂妄，察其愚忠，以燕闲之际鉴先圣之保摄，顺当时之气候，弃虚取实，期以获安，则圣寿跻于无疆，而四海咸蒙其德泽矣。谨献所述《饮膳正要》一集以闻，伏乞圣览，下情不胜战栗激切屏营之至。

这本书是给皇帝看的，据虞集序言，皇帝看了之后，"命中政院使臣拜住刻梓而广传之。兹举也，益欲推一人之安而使天下之人举安，推一人之寿而使天下之人皆寿，恩泽之厚岂有加于此者哉？"虞集非劣，世称邵庵先生，学问博洽，辞章典雅，而奉命撰序也只能摭拾浮言歌功颂德一番而已。帝王淫威之下的词臣文士大抵都有此一副可怜相。

此书号称三卷，其实薄薄一册，一百六十六页，页十行，行二十字。卷一讲的是诸般避忌，聚珍异馔。卷二讲的是诸般汤煎，诸水、神仙服饵、食疗诸病，以及食物相反中毒等。卷三讲的是米谷品、兽品、禽品、鱼品、果菜品、料物。

关于养生避忌，有不少无稽之谈，例如"夫上古之人，其知道者，法于阴阳，和于术数，饮食有节，起居有常，不妄作劳，故能而寿。今时之人不然也……故半百衰者多矣"。这是向往黄金时代的臆想。还有许多可笑的避忌，例如"勿向西北大小便""勿燃灯房事""口勿吹灯火，损气""立秋日不可澡浴"等等。但是也有许多很正确的见解，如"先饥而食，食勿令饱；先渴而饮，饮勿令过；食欲数而少，不欲顿而多"是不刊之论。再如"食讫温水漱口""清旦刷牙不如夜刷牙"，见解也是很摩登的。至于胎教之说，殊无根据。

所谓聚珍异馔，也是虚有其名，大抵离不开羊肉、羊心、羊肺、羊尾、羊头、羊肝、羊蹄、羊舌，可见未脱蒙古风尚。所谓的"珍味奇品，咸萃内府"，也不过是鹿、狼、熊、鲤鱼、雁，数品而已。比起后来传说中之满汉全席，珍馐百色罗列当前，犹感无下箸处，繁简之差不可以道里计矣。大概元朝享国日浅，皇帝作威作福之丑态尚未尽致发挥。

"肝生"就是羊肝生吃之谓。羊肝、生姜、萝卜、香菜、蓼子，各切细丝，用盐醋芥末调和。在杭州西湖楼外楼吃"鱼生""虾生"，有人赞为美味，原来羊肝亦可生食，有此等事！

"水晶角儿""撒列角儿""时萝角儿"，角儿疑即"饺饵"。"角"读如"矫"，故易误为"饺"。时萝角儿说明是"用滚水搅熟做皮"，当是今之所谓烫面饺。北方人把饺子当作上品，由来已久，皇帝的食谱上也有著录。馒头而有馅，今则谓之包子，从前似是没有分别，今亦有称包子为馒头者。

犬为六畜之一，不但可供食用，祭祀也用得着它。《饮膳正要》对犬肉做如是之说明："犬肉味咸温，无毒，安五脏，补绝伤，益阳道，补血脉，厚肠胃，实下焦，填精髓。"作用如是之广大！西人以食狗肉为野蛮，适见其少见多怪，国人随声附和，则数典忘祖矣。我未曾尝过狗肉，亦不想试之，唯谓为野蛮，则不敢赞一词。

《饮膳正要》在食谱部分，标举品名、主治、材料、做法，虽嫌简陋，但层次井然，已粗具食谱之规模。其最大缺点为饮膳与医疗混为一谈，一似某物可治某症，至少是"补中益气""生津止渴"。于是有所谓"食疗"之说。其中颇有附会可笑者，例如，"鸳鸯，味咸平，有小毒，主治瘘疮，若夫妇不和者，做羹私与食之，即相爱"。卢照邻诗："得成比目何辞死，愿作鸳鸯不羡仙。"只是譬喻罢了，难道吃了鸳鸯肉便可以晨夕交颈？再如，"马肉……长筋骨，强腰膝，壮健轻身""白马茎……令人有子""马心主喜忘"，都属于联想附会之说。至于神仙服食云云，更是荒诞不经，所谓"铁瓮先生琼玉膏"，服此一料可寿百岁以至三百六十岁，而且还"勿轻示人"！有时候也有一些话是近情近理，例如，"五谷为养，五果为助，五畜为益，五菜为充"，语出《素问·藏气法时论》，隐隐然也合于现代所谓的"平衡的膳食"之说。

读此书令人最惊异的是，我们现代的人在饮食方面有很大一部分尚流连在《饮膳正要》所代表的阶段。不见夫"秋风起矣，及时进补"的标语?以至于当归鸭、香肉,均无非是食疗食补的妙品。《饮膳正要》不是没有一点营养学的知识,只是尚在经验摸索的阶段,缺乏科学的分析与根据。

读《中国吃》

文化发展到相当程度，人才知道馋。

中国人馋，也许北平人比较起来最馋。馋，若是译成英文很难找到适当的字。译为 piggish、gluttonous、greedy 都不恰，因为这几个字令人联想起一副狼吞虎咽的饕餮相，而真正馋的人不是那个样子。中国宫廷摆出满汉全席，富足人家享用烤乳猪的时候，英国人还在用手抓菜吃，后来知道用刀叉也常常是在宴会中身边自带刀叉备用，一般人怕还不知蔗糖胡椒为何物。文化发展到相当程度，人才知道馋。

读了唐鲁孙先生的《中国吃》，一似过屠门而大嚼，使得馋人垂涎欲滴。唐先生不但知道的东西多，而且用地道的北平话来写，使北平人觉得益发亲切有味，忍不住，我也来饶舌。

现在正是吃炰烤涮的时候，事实上一过中秋炰烤涮就上市了，不过要等到天真冷下来，吃炰烤涮才够味道。东安市场的东来顺生意鼎盛，比较平民化一些，更好的地方是前门肉市的正阳楼。那是一个弯弯曲曲的陋巷，地面上经常有好深的车辙，不知现在拓宽了没有。正阳楼的雅座在路东,有两个院子,大概有十来个座儿。前院放着四个烤肉炙子,围着几条板凳。吃烤肉讲究一条腿踩在凳子上,做金鸡独立状,然后探着腰自烤自吃自酌。正阳楼出名的是螃蟹,个儿特别大,别处吃不到,因为螃蟹从天津运来,正阳楼出大价钱优先选择,所以特大号的螃蟹全在正阳楼,落不到旁人手上。买进之后要在大缸里养好几天,每天浇以鸡蛋白,所以长得个个顶盖儿肥。客人进门在二道门口儿就可以看见一大缸一大缸的"无肠公子"。平常一个人吃一尖一团就足够了,佐以高粱最为合适。吃螃蟹的家伙也很独到,一个小圆木盘,一只小木槌子,每客一份。如果你觉得这套家伙好,而且你又是常客,临去带走几副也无所谓,小账当然要多给一点儿。螃蟹吃过之后,烤肉涮肉即可开始。肉是羊肉,不像烤肉季烤肉宛那样以牛肉为主。正阳楼切羊肉的师傅是一把手,他用一块抹布包在一条羊肉上(不是冰箱冻肉),快刀慢切,切得飞薄。黄瓜条、三叉儿、大肥片儿、上脑儿,任听尊选。一盘没有几片,够两筷子。如果喜欢吃涮的,早点吩咐伙计升好锅子熬汤,熟客还可以要一个锅子底儿,那就是别人涮过的剩汤,格外浓。如果要吃烤的,自己到院子里去烤,再不然就教伙计代劳。正阳楼的烧饼也特别,薄薄的两层皮儿,没有瓤儿,烫手热。撕开四分之三,掰开了一股热气喷出,把肉往里一塞,又香又软又热又嫩。吃过螃蟹烤羊肉之后,要想喝点什么便感觉到很为难,因为在那鲜美的食物之后无以为继,喝什么汤也没有滋味了。有高人指点，螃蟹烤肉之后唯一压得住阵脚的是氽大甲，大甲就是螃蟹的螯，剥出来的大块螯肉在高汤里一氽，加芫荽末，加胡椒面儿，撒上回锅油炸麻花儿。只有这样的一碗汤，香而不腻。以蟹始，以蟹终，吃得服服帖帖。烤羊肉这种东西，很容易食过量，饭后备有普洱酽茶帮助消化，向堂倌索取即可，否则他是不送上的。如果有人贪食过量，当场动弹不得，撑得翻白眼儿，人家还备有特效解药，那便是烧焦了的栗子，磨成灰，用水服下，包管你肚子里咕噜咕噜响，躺一会儿就没事了。雅座都有木炕可供小卧。正阳楼也卖普通炒菜，不过吃主总是专吃它的螃蟹羊肉。台湾也有所谓蒙古烤肉，铁炙子倒是蛮大的，羊肉的质料不能和口外的绵羊比，而且烤的佐料也不大对劲，什么红萝卜丝辣椒油全羼上去了。烧饼是小厚墩儿，好厚的心子，肉夹不进去。

上面说到炰烤涮，炰是什么？炰或写作"爆"，是用一面平底的铛放在炉子上，微火将铛烧热，用焦煤、木炭、柴均可。肉蘸了酱油香油，拌了葱姜之后，在铛上滚来滚去就熟了，这叫作铛炰羊肉，味清淡，别有风味，中秋过后什刹海路边上就有专卖铛炰羊肉的摊子，在家里用烙饼的小铛也可以对付。至于普通馆子的炰羊肉，大火旺油加葱爆炒，那就是另外一码子事了。

东兴楼是数一数二的大馆子，做的是山东菜。山东菜大致分为两帮，一是烟台帮，一是济南帮，菜数作风不同。丰泽园、明湖春等比较后起，属于济南帮，东兴楼是属于烟台帮。初到东兴楼的人没有不诧异的，其房屋之高，高得不成比例，原来他们是预备建楼的，所以木料都有相当的长度，后来因为地址在东华门大街，有人挑剔说离皇城根儿太近，有借以窥探宫内之嫌，不许建楼，所以为了将就木材，房屋的间架特高。别看东兴楼是大馆子，他们保存旧式作风，厨房临街，以木栅做窗，为的是便利一般的"口儿厨子"站在外面学两手儿。有手艺的人不怕人学，因为很难学到家。客人一掀布帘进去，柜台前面一排人，大掌柜的、二掌柜的、执事先生，一齐点头哈腰："二爷你来啦！""三爷您来啦！"山东人就是不喊人做大爷，大概是因为武大郎才是大爷之故。一声"看座"，里面的伙计立刻应声。二门有个影壁，前面大木槽养着十条八条的活鱼。北平不是吃海鲜的地方，大馆子总是经常备有活鱼。东兴楼的菜以精致著名，调货好，选材精，规规矩矩。炸胗一定去里儿，爆肚儿一定去草芽子。爆肚仁有三种做法，油爆、盐爆、汤爆，各有妙处，这道菜之最可人处是在触觉上，嚼上去不软不硬不韧而脆，雪白的肚仁衬上绿的香菜梗，于色香味之外还加上触，焉得不妙？我曾一口气点了油爆盐爆汤爆三件，真乃下酒的上品。芙蓉鸡片也是拿手，片薄而大，衬上三五根豌豆苗，盘子里不汪着油。烩乌鱼钱带割雏儿也是著名的。乌鱼钱又名乌鱼蛋，"蛋"字犯忌，故改为"钱"，实际是鱼的卵巢。割雏儿是山东话，鸡血的代名词，我问过许多山东朋友，都不知道这两个字如何写法，只是读如"割雏儿"。锅烧鸡也是一绝，油炸整只仔鸡，堂倌拿到门外廊下手撕之，然后浇以烩鸡杂一小碗。就是普通的肉末夹烧饼，东兴楼的也与众不同，肉末特别精特别细，肉末是切的，不是斩的，更不是机器轧的。拌鸭掌到处都有，东兴楼的不夹带半根骨头，垫底的黑木耳适可而止。糟鸭片没有第二家能比，上好的糟，糟得彻底。民国十五年夏，一批朋友从外国游学归来，时昭瀛意气风发要大请客，指定东兴楼，要我做提调，那时候十二元一席就可以了，我订的是三十元一桌，内容丰美自不消说，尤妙的是东兴楼自动把埋在地下十几年的陈酿花雕起了出来，羼上新酒，芬芳扑鼻，这一餐吃得杯盘狼藉，皆大欢喜。只是风流云散，故人多已成鬼，盛筵难再了。东兴楼于抗战期间在日军高压之下停业，后来在帅府园易主重张，胜利后曾往尝试，则已面目全非，当年手艺不可再见。

致美楼，在煤市街，路西的是雅座，称致美斋，厨房在路东，斜对面。也是属于烟台一系，菜式比东兴楼稍粗一些，价亦稍廉，楼上堂倌有一位初仁义，满口烟台话，一团和气。咸白菜酱萝卜之类的小菜，向例是伙计们准备，与柜上无涉，其中有一色是酱豆腐汁拌嫩豆腐，洒上一勺麻油，特别好吃。我每次去，初仁义先生总是给我一大碗拌豆腐，不是一小碟。后来初仁义升做掌柜的了。我最欢喜的吃法是要两个清油饼（即面条盘成饼状下锅油煎），再要一小碗烩两鸡丝或烩虾仁，往饼上一浇。我给起了个名字，叫过桥饼。致美斋的煎馄饨是别处没有的，馄饨油炸，然后上屉一蒸，非常别致。砂锅鱼翅炖得很烂，不大不小的一锅足够三五个人吃，虽然用的是翅根儿，不能和黄鱼尾比，可是几个人小聚，得此亦是最好不过的下饭的菜了。还有芝麻酱拌海参丝，加蒜泥，冰得凉凉的，在夏天比什么冷荤都强，至少比里脊丝拉皮儿要高明得多。到了快过年的时候，致美斋特制萝卜丝饼和火腿月饼，与众不同，主要的是用以馈赠长年主顾，人情味十足。初仁义每次回家，都带新鲜的烟台苹果送给我，有一回还带了几个莱阳梨。

厚德福饭庄原先是个烟馆，附带着卖一些馄饨点心之类供烟客消夜。后来到了袁氏当国，河南人大走红运，厚德福才改为饭馆。老掌柜的陈莲堂是河南人，高高大大的，留着山羊胡子，满口河南土音，在烹调上确有一手。当年河南开封是办理河工的主要据点，河工是肥缺，连带着地方也富庶起来，饭馆业跟着发达，这就和扬州为盐商汇集的地方所以饮宴一道也很发达完全一样。袁氏当国以后，河南菜才在北平插进一脚，以前全是山东人的天下。厚德福地方太小，在大栅栏一条陋巷的巷底，小小的招牌，看起来不起眼，有人连找都不易找到。楼上楼下只有四个小小的房间，外加几个散座。可是名气不小，吃客没有不知道厚德福的。最尴尬的是那楼梯，直上直下的，坡度极高，各层相隔甚巨。厚德福的拿手菜，大家都知道，包括瓦块鱼，其所以做得出色主要是因为鱼新鲜肥大，只取其中段，不惜工本，成绩怎能不好？勾汁儿也有研究，要浓稀甜咸合度。吃剩下的汁儿焙面,那是骗人的,根本不是面,是刨番薯丝,要不然炸出来怎能那么酥脆?另一道名菜是铁锅蛋,说穿了也就是南京人所谓涨蛋,不过厚德福的铁锅更能保温,端上桌还久久地滋滋响。我的朋友赵太侔曾建议在蛋里加上一些美国的cheese[①]碎末,试验之后风味绝佳,不过不喜欢cheese的人说不定会"气死"!炒鱿鱼卷也是他们的拿手,好在发得透,切得细,旺油爆炒。核桃腰也是异曲同工的菜,与一般炸腰花不同之处是他的刀法好,火候对,吃起来有咬核桃的风味。后有人仿效,真个地把核桃仁加进腰花一起炒,那真是不对意思了。最值一提的是生炒鳝鱼丝。鳝鱼味美,可是山东馆不卖这一道菜,谁要是到东兴楼致美斋去点鳝鱼,那简直是开玩笑。淮扬馆子做的软儿或是炝虎尾也很好吃,但风味不及生炒鳝鱼丝,因为生炒才显得脆嫩。在台湾吃不到这个菜。华西街有一家海鲜店写着"生炒鳝鱼"四个大字,尚未尝试过,不知究竟如何。厚德福还有一味风干鸡,到了冬天一进门就可以看见房檐下挂着一排鸡去了脏腑,留着羽毛,填进香料和盐,要挂很久,到了开春即可取食。风干鸡下酒最好,异于熏鸡、卤鸡、烧鸡、白切油鸡。

厚德福之生意突然猛进是由于民初先农坛城南游艺园开放。陈掌柜托警察厅的朋友帮忙抢先弄到营业执照,匾额就是警察厅擅写魏碑的那一位刘勃安先生的手笔(北平大街小巷的路牌

[①] 即"奶酪"。——编者注

都是出自他手）。平素陈掌柜培养了一批徒弟，各有专长，例如，梁西臣善使旺油，最受他的器重。他的长子陈景裕一直跟着父亲做生意。盈利所得，同伙各半，因此柜上、灶上、堂口上，融洽合作。城南游艺园风光了一阵子，因楼塌砸死了人而歇业，厚德福分号也只好跟着关门。其充足的人力、财力无处发泄，老店地势局促不能扩展，而且他们笃信风水，绝对不肯迁移。于是乎厚德福向国内各处展开，沈阳、长春、西安、青岛、上海、香港、昆明、北碚等处分号次第成立，现在情形如何就不知道了。厚德福分号既多，人手渐不敷用，同时菜式也变了质，不复能维持原有作风。例如，各地厚德福以北平烤鸭著名，那就是难以令人逆料的事。

说起烤鸭，也有一段历史。

北平不叫烤鸭，叫烧鸭子。因为不是喂养长大的，是填肥的，所以有填鸭之称。填鸭的把式都是通州人，因为通州是运河北端起点，富有水利，宜于放鸭。这种鸭子羽毛洁白，非常可爱，与野鸭迥异。鸭子到了适龄的时候，便要开始填。把式坐在凳子上，把只鸭子放在大腿中间一夹，一只手掰开鸭子的嘴，一只手拿一根比香肠粗而长的预先搓好的饲料硬往嘴里塞，塞进嘴之后顺着鸭脖子往下捋，然后再一根下去，再一根下去……填得鸭子摇摇晃晃。这时候把鸭子往一间小屋里一丢，小屋里拥挤不堪，绝无周旋余地，想散步是万不可能。这样填个十天半个月，鸭子还不蹲膘？

吊炉烧鸭是由酱肘子铺发卖,以从前的老便宜坊为最出名,之后金鱼胡同西口的宝华春也还不错。饭馆子没有自己烤鸭子的,除了全聚德以专卖鸭全席之外。厚德福不卖烧鸭,只有分号才卖,起因是柜上有一位张诗舫先生,精明能干,好多处分号成立都是他去打头阵,他是通州人,填鸭是内行,所以就试行发卖北平烤鸭了。我在北碚的时候,他去筹设分号,最初试行填鸭,填死了三分之一,因为鸭种不对,禁不住填,后来减轻填量才获相当的成功。吊炉烧鸭不能比叉烧烤鸭,吊炉烧鸭因为是填鸭,油厚,片的时候是连皮带油带肉一起片。叉烧烤鸭一般不用填鸭,只拣稍微肥大一点的就行了,预先挂起晾干,烤起来皮和肉容易分离,中间根本没有黄油,有些饭馆干脆把皮揭下盛满一大盘子上桌,随后再上一盘子瘦肉。那焦脆的皮固然也很好吃,然而不是吊炉烧鸭的本来面目。现在台湾的烤鸭,都不是填鸭,有那份手艺的人不容易找。至于广式的烧鸭以及电烤鸭,那都是另一个路数了。

在福全馆吃烧鸭最方便,因为有个酱肘子铺就在右手不远,可以喊他送一只过来,鸭架装打卤,斜对面灶温叫几碗一窝丝,实在最为理想,宝华春楼上也可以吃烧鸭,现烧现片,烫手热,附带着供应薄饼葱酱盒子菜,丰富极了。

在《中国吃》这本书里,唐先生还提起锡拉胡同玉华台的汤包,那的确是一绝。

玉华台是扬州馆,在北平算是后起的,好像是继春华楼而起的第一家扬州馆,此后如八面槽的淮扬春以及许多什么什么春的也都跟着出现了。玉华台的大师傅是从东堂子胡同杨家(杨士骧)出来的,手艺高超。我在北平的时候,北大外文系女生杨毓恂小姐毕业时请外文系教授们吃玉华台,胡适之先生也在座,若不是胡先生即席考证我还不知杨小姐就是东堂子胡同杨家的千金。老东家的小姐出面请客,一切伺候那还错得了?最拿手的汤包当然也格外加工加细。从笼里取出,需用手捏住包子的褶儿,猛然提取,若是一犹疑就怕要皮破汤流不堪设想。其实这玩意儿是吃个新鲜劲儿。谁吃包子尽吮汤呀?而且那汤原是大量肉皮冻为主,无论加什么材料进去,味道不会十分鲜美。包子皮是烫面做的,微有韧性,否则包不住汤。我平常在玉华台吃饭,最欣赏它的水晶虾饼,厚厚的扁圆形的摆满一大盘,洁白无瑕,几乎是透明的,入口软脆而松。做这道菜的诀窍是用上好白虾,羼进适量的切碎的肥肉,若完全是虾既不能脆更不能透明,入温油徐徐炸之,不要焦,焦了就不好看。不说穿了,谁也不知道里头有肥肉,怕吃肥肉的人最好少下箸为妙。一般馆子的炸虾球也差不多是一个做法,可能羼了少许芡粉,也可能不完全是白虾。玉华台还有一道核桃酪也做得好,当然根本不是酪,是磨米成末,拧汁过滤(这一道手续很重要,不过滤则渣粗),然后加入红枣泥(去皮)使微呈紫红色,再加入干核桃磨成的粉,取其香。这一道甜汤比什么白木耳莲子羹或罐头水果充数的汤要强得多。在家里也可以做,泡好白米捣碎取汁,和做杏仁茶的道理一样。自己做的核桃酪我发觉比馆子里大量出品的还要精细可口些。

北平的吃食,怎么说也说不完。唐鲁孙先生见多识广,实在令人佩服。我虽然也是北平生长大的,但接触到的生活面很窄。有一回齐如山老先生问我吃过哈德门外的豆腐脑没有,我说没有,他便约了几个人(好像陈纪滢先生在内)到哈德门外路西一个胡同里,那里有好几家专卖豆腐脑的店,碗大卤鲜豆腐嫩,比东安市场的高明得多。这虽然是小吃,没人指引也就不得其门而入。又例如,灌肠是我最喜爱的食物,煎得焦焦的,那油不是普通的油,是卖"熏鱼儿"的作坊所撇出来的油,有说不出的味道。所谓卖"熏鱼儿"的,当初是有小条的熏鱼卖,后来熏鱼就不见了,只有猪头肉、肠子、肝、脑、猪心等等。小贩背着木箱串胡同,口里吆喝着"面筋哟!"其实卖的是猪头肉等,面筋早已不见了,而你喊他过来的时候却要喊:"卖熏鱼儿的!"这真是一怪。有人告诉我要吃真正的灌肠需要到后门外桥头儿上那一家去,那才是真正的灌肠,又粗又壮的肠子就和别处不同,而且是用真正的猪肠。这一说明把我吓退,猪肠太肥,至今不曾去尝试过,可是有人说那味道确实不同。小吃还有这么多讲究,饭馆子饭庄子里面的学问当然更大了去了。我写此短文,不是为唐先生的大文做补充,要补充我也补充不了多少,我只是读了唐先生的书,心里一痛快,信口开河,凑个趣儿。

再谈《中国吃》

> 如果烹调是艺术,这种艺术品不能长久存留,只能留在人的齿颊间,只能留在人的回忆里,这真是无可奈何的事。

前些时候写了一篇《读〈中国吃〉》,乃是读了唐鲁孙先生大作,一时高兴,补充了一些材料,还有劳郑百因先生给我做了笺注。后来我又写了一篇《酪》、一篇《面条》,除了嘴馋之外也还带有几许乡愁。有些朋友们鼓励我多写几篇这一类的文字,但是也有人在一旁"挑眼"。海外某处有刊物批评说,我在此时此地写这样的文字是为贵族阶级的奢侈生活张目,言外之意这个罪过不小。有人劝我,对于这种批评宜一笑置之。我觉得置之可也,一笑却不值得。

民以食为天,这句话见《史记·郦生陆贾列传》:"王者以民为天!而民以食为天。"所谓天,乃表示其崇高重要之意。《洪范》八政,一曰食。《文子》所说"老子曰,食者民之本也,民者国之基也",也是这个意思。对于这个自古以来即公认为人生首要之事，谈谈何妨？人有富贵贫贱之别，食当然有精粗之分。大抵古时贫富的差距不若后世之甚。所谓鼎食之家，大概也不过是五鼎食，食日万钱，犹云无下箸处，是后来的事。我看元朝和斯辉撰《饮膳正要》，可以说是帝王之家的食谱，其中所列水陆珍馐种类不少，以云烹调仍甚简陋。晚近之世，奢靡成风，饮食一道乃得精进。扬州夙称胜地，富商云集，故烹调之术独步一时，苏杭、川，实皆不出其范畴。黄河河工乃著名之肥缺，饮宴之精自其余事，故汴、洛、鲁，成一体系。闽粤通商口岸，市面繁华，所制馔食又是一番景象。至于近日报纸喧腾的满汉全席那是低级趣味荒唐的噱头，以我所认识的人而论，我不知道当年有谁见过这样的世面。北平北海的仿膳，据说掌灶的是御膳房出身，能做一百道菜的全席，我很惭愧不曾躬逢其盛，只吃过称掺有栗子面的小窝头，看他所做普通菜肴的手艺，那满汉全席不吃也罢。

一般吃菜均以馆子为主。其实饭馆应以灶上的厨师为主，犹如戏剧之以演员为主。一般的情形，厨师一换，菜可能即走样。师傅的绝技，其中也有一点天分，不全是技艺。我举一个例，"瓦块鱼"是河南菜，最拿手的是厚德福，在北平没有第二家能做。我曾问过厚德福的老掌柜陈莲堂先生，做这一道菜有什么诀窍。我那时候方在中年，他已经是六十左右的老者。他对我说："你想吃就来吃，不必问。"事实上我每次去，他都亲自下厨，从不假手徒弟。我坚持要问，他才不惮烦地从选调货起（调货即材料），一步一步讲到最后用剩余的甜汁焙面止。可是真要做到色香味俱全，那全在掌勺的存乎一心，有如庖丁解牛，不仅是艺，而是讲于道了，他手下的徒弟前后二十多位，真正眼明手快懂得如何使油的只有梁西臣一人。瓦块鱼，要每一块都像瓦块，不薄不厚微微翘卷，不能带刺，至少不能带小刺，颜色淡淡的微黄，黄得要匀，勾汁要稠稀合度不多不少而且要透明——这才合乎标准，颇不简单，陈老掌柜和他的高徒均早已先后作古，我不知道谁能继此绝响！如果烹调是艺术，这种艺术品不能长久存留，只能留在人的齿颊间，只能留在人的回忆里，这真是无可奈何的事。

一个饭馆的菜只能有三两样算是拿手，会吃的人到什么馆子点什么菜，堂倌知道你是内行，另眼看待。例如，鳝鱼一味，不问是清炒、黄烂、软兜、烩拌，只是淮扬或河南馆子最为擅长。要吃爆肚仁，不问是汤爆、油爆、盐爆，非济南或烟台帮的厨师不办。其他如川湘馆子广东馆子宁波馆子莫不各有其招牌菜。不过近年来，人口流动得太厉害，内行的吃客已不可多得，暴发的人多，知味者少，因此饭馆的菜有趋于混合的态势，同时师傅徒弟的关系越来越淡，稍窥门径的二把刀也敢出来做主厨，馆子的业务尽管发达，吃的艺术在走下坡。

酒楼饭馆是饮宴应酬的场所，是有些闲人雅士在那里修食谱，但是时势所趋，也有不少人在那里只图一个醉饱。现在我们的国民所得急剧上升，光脚的人也有上酒楼饮茶的，手工艺人也照样的到华西街吃海鲜。还有人宣传我们这里的人民在吃香蕉皮,实在是最愚蠢的造谣。我们谈中国吃,本不该以谈饭馆为限,正不妨谈我们的平民的吃。我小时候,一位同学自甘肃来到北平,看见我们吃白米白面,惊异得不得了,因为他的家乡日常吃的是"糊"——杂粮熬成的粥。

我告诉他我们河北乡下人吃的是小米面贴饼子,城里的贫民吃的是杂和面窝头。山东人吃的是锅盔,那份硬,真的牙口好才行,这是主食,副食呢,谈不到,有棵葱或是大腌萝卜"棺材板"就算不错。在山东,吃红薯的人很多,全是碳水化合物,热量足够,有得多,蛋白质则只好取给于豆类,这样的吃食维持了一般北方人的生存。"好吃不过饺子"是华北乡下的话,姑奶奶回娘家或过年才包饺子。乡下孩子们都知道,鸡蛋不是为吃的,是为卖的,摊鸡蛋卷饼只有在款待贵宾时才得一见。乡下也有油吃,菜油花生油豆油之类,但是吃法奇绝,不用匙舀,用一根细木棒套上一枚有孔的铜钱,伸到油瓶里,凭这铜线一滴一滴把油带出来,这名叫"钱油"。这话一晃儿好几十年了,现在情形如何我不知道,应该比以前好一些才对。华北情形较穷苦,江南要好得多。

平民吃苦,但是在比较手头宽裕的时候,也知道怎样去打牙祭。例如在北平从前有所谓"二荤铺",茶馆兼营饭馆。戴毡帽系裙包的朋友们可以手托着几两猪肉,提着一把韭黄蒜苗之类,进门往柜台上一撂,喊一声:"掌柜的!"立刻就有人过来把东西接过去，不大工夫一盘热腾腾的肉丝炒韭黄或肉片焖蒜苗给你端到桌上来。我有一次看见一位彪形大汉，穿灰布棉袍——底襟一角塞在褡包上，一望即知是一赶车的，他走进"灶温"独据一桌，要了一斤家常饼分为两大张，另外一大碗炖羊肉，大葱一大盘，把半碗肉倒在一张饼上，卷起来像一根柱子，两手捧扶，左边一口，右边一口，然后中间一口，这个动作连做几次一张饼不见了，然后进行第二张，直到最后他吃得满头大汗青筋暴露，我生平看人吃东西痛快淋漓以此为最。现在台湾，劳动的人在吃食方面普遍地提高，工农界的穷苦人坐在路摊上大啃鸡腿牛排是很寻常的现象了。

平民食物常以各种摊贩的零食来做补充。我写过一篇《北平的零食小吃》记载那个地方的特别食物。各地零食都有一个特点不知大家注意到没有，那就是不分阶级雅俗共赏。成都附近的牌坊面，往来仕商以至贩夫走卒谁不停下来吃几碗？德州烧鸡，火车上的乘客不分等级都伸手窗外抢购。杭州西湖满家陇的桂花栗子，平湖秋月的藕粉，我相信人人都有兴趣。北平的豆汁、灌肠、熏鱼儿、羊头肉，是很低级的食物，但是大宅门儿同样地欢迎照顾。大概天下之口有同嗜，阶级论者到此不知做何解释。

我常觉得我们中国人的吃，不可忽略的是我们的家常便饭，每个家庭主妇大概都有几样烹饪上的独得之秘。有人告诉我，广东的某些富贵人家每一位姨太太有一样拿手菜，老爷请客时便由几位姨太太各显其能加起来成为一桌盛筵。这当然不能算是我所说的家常便饭。有一位朋友告诉我,从前南京的谭院长每次吃烤乳猪是派人到湖南桂东县专程采办肥小猪乘飞机运来的,这当然也不在家常便饭范围之内。记得胡适之先生来台湾,有人在家里请他吃饭,彭厨亲来外会,使出浑身解数做了十道菜,主人谦逊地说:"今天没预备什么,只是家常便饭。"胡先生没说什么,在座的齐如山先生说话了:"这样的家常便饭,怕不要吃穷了?"我所说的家常便饭是真正的家常便饭,如焖扁豆茄子之类,别看不起这种菜,做起来各有千秋。我从前在北平认识一些旗人朋友,他们真是会吃。我举两个例,炸酱面谁都吃过,但是那碗酱如何炸法大有讲究。肉丁也好,肉末也好,酱少了不好吃,酱多了太咸。我在某一家里学得一个妙法,酱里加炸茄子丁,一碗酱变成了两碗,而且味道特佳。酱要干炸,稀糊糊的就不对劲。又有一次在朋友家里吃薄饼,在宝华春叫了一个盒子,家里配上几个炒菜,那一盘摊鸡蛋有考究,摊好了之后切成五六公分宽的长条,这样夹在饼里才顺理成章,虽是小节,具见用心。以后我看见"和菜戴帽"就觉得太简陋,那薄薄的一顶帽子如何撕破分配均匀?馆子里的菜数虽然较精,一般却嫌油大,味精太多,不如家里的青菜豆腐。可是也有些家庭主妇招待客人,偏偏要模仿饭馆宴席的规模,结果是弄巧反拙四不像了。

　　常听人说,中国菜天下第一,说这话的人应该是品尝过天下的菜。我年幼无知的时候也说过这样的话，如今不敢这样放肆，因为关于中国吃所知已经不多，外国的吃我所知更少。一般人都说只有法国菜可以和中国比，法国我就没有去过。美国的吃略知一二，但可怜得很，在学生时代只能做起码的糊口之计，时常是两个三明治算是一顿饭，中上层阶级的饮膳情形根本一窍不通。以后在美国旅游也是为了撙节，从来不曾为了口腹而稍有放肆。所以对于中西之吃，我不愿做比较的判断。我只能说，鱼翅、燕窝、鲍鱼、溜鱼片、炒虾仁，以至于炸春卷、古老肉……美国人不行，可是讲到汉堡、三明治、各色冰淇淋以至于烤牛排……我们中国还不能望其项背。我并不"崇洋"，我在外国住，我还吃中国菜，周末出去吃馆子，还是吃中国馆子，不是一定中国菜好，是习惯。我常考虑，我们中国的吃，上层社会偏重色香味，蛋白质太多，下层社会蛋白质不足，碳水化合物太多，都是不平衡，问题是很严重的，我们要虚心地多方研究。

遐思

辑五

有人宁可遁迹山林,享受那清风明月,『侣鱼虾而友麋鹿』,过那高蹈隐逸的生活。

谈时间

> 尘世耗用我们的时间太多了,夙兴夜寐,赚钱挥霍,把我们的精力都浪费掉了。

希腊哲学家 Diogenes[①]经常睡在一只瓦缸里,有一天亚历山大皇帝走去看他,以皇帝的惯用的口吻问他:"你对我有什么请求吗?"这位玩世不恭的哲人翻了翻白眼,答道:"我请求你走开一点,不要遮住我的阳光。"

这个家喻户晓的小故事,究竟含义何在,恐怕见仁见智,各有不同的看法。我们通常总是觉得那位哲人视尊荣犹如敝屣,富贵如浮云,虽然皇帝驾到,殊无异于等闲之辈,不但对他无所希冀,而且亦不必特别地假以颜色。可是约翰逊博士另有一种看法,他认为应该注意的是那阳光,阳光不是皇帝所能赐予的,所以请求他不要把所不能赐予的夺了过去。这个请求不算奢,却是用意深刻。因此约翰逊博士由"光阴"悟到"时间",

---

① 即"第欧根尼"。——编者注

时间也是虽然极为宝贵，而也是常常被人劫夺的。

"人生不满百"，大致是不错的。当然，老而不死的人，不是没有，不过期颐以上不是一般人所敢奢望的，数十寒暑当中，睡眠去了很大一部分。苏东坡所谓"睡眠去其半"，稍嫌有一点夸张，大约三分之一左右总是有的。童蒙一个时期，说它是天真未凿也好，说它是昏昧无知也好，反正是浑浑噩噩，不知不觉；及至寿登耄耋，老悖聋瞑，甚至"佳丽当前，未能缱绻"，比死人多一口气，也没有多少生趣可言。掐头去尾，人生所余无几。就是这短暂的一生，时间亦不见得能由我们自己支配。约翰逊博士所抱怨的那些不速之客，动辄登门拜访，不管你正在怎样忙碌，他觉得宾至如归，这种情形固然令人啼笑皆非，我觉得空间不能算是怎样严重的"时间之贼"。他只是在我们的有限的资本上抽取一点捐税而已。我们的时间之大宗的消耗，怕还是要由我们自己负责。

有人说："时间即生命。"也有人说："时间即金钱。"二说均是，因为有人根本认为金钱即生命。不过细想一下，有命斯有财，命之不存，财于何有？有钱不要命者，固然实繁有徒，但是舍财不舍命，仍然是较聪明的办法。所以《淮南子》说："圣人不贵尺之璧而重寸之阴，时难得而易失也。"我们幼时，谁没有做过"惜阴说"之类的课艺？可是谁又能趁早体会到时间之"难得而易失"？我小的时候，家里请了一位教师，书房桌上有一座钟，我和我的姊妹常乘教师不注意的时候把时钟往前拨快半个钟头,以便提早放学,后来被老师觉察了,他用朱笔在窗户纸上的太阳阴影划一痕记,作为放学的时刻,这才息了逃学的念头。

时光不断在流转,任谁也不能攀住它停留片刻。"逝者如斯夫,不舍昼夜!"我们每天撕一张日历,日历越来越薄,快要撕完的时候便不免蹙然以惊,惊的是又临岁晚,假使我们把几十册日历装为合订本,那便象征我们全部的生命,我们一页一页地往下扯,该是什么样的滋味呢!"冬天一到,春天还会远吗?"可是你一共能看见几次冬尽春来呢?

不可挽住的就让它去罢!问题在,我们所能掌握的尚未逝去的时间,如何去打发它,梁任公先生最恶闻"消遣"二字,只有活得不耐烦的人才忍心去"杀时间"。他认为一个人要做的事情多,时间根本不够用,哪里还有时间可供消遣?不过打发时间的方法,亦人各有不同,士各有志。乾隆皇帝下江南,看见运河上舟楫往来,熙熙攘攘,顾问左右:"他们都在忙些什么?"和珅侍卫在侧,脱口而出:"无非名利二字。"这答案相当正确,我们不可以人废言。不过三代以下唯恐其不好名,大概名利二字当中利的成分大些。"人为财死,鸟为食亡。"时间即金钱之说仍属不诬。诗人华兹华斯有句:

　　尘世耗用我们的时间太多了,夙兴夜寐,赚钱挥霍,
　　把我们的精力都浪费掉了。

所以有人宁可遁迹山林，享受那清风明月，"侣鱼虾而友麋鹿"，过那高蹈隐逸的生活。诗人济慈宁愿长时间地守着一株花，看那花苞徐徐展瓣，以为那是人间至乐；嵇康在大树底下扬槌打铁，"浊酒一杯，弹琴一曲"；刘伶"止则操卮执觚，动则挈榼提壶"，一生中无思无虑其乐陶陶。这又是一种颇不寻常的方式。最彻底的超然例子是《传灯录》所记载的："南泉和尚问陆亘曰：'大夫十二时中作么生？'陆云：'寸丝不挂！'"寸丝不挂就是了无挂碍之谓，"原本无一物，何处惹尘埃？"这境界高超极了，可以说是"以天地为一朝，万期为须臾"，根本不发生什么时间问题。

人，诚如波斯诗人莪漠伽耶玛所说，来不知从何处来，去不知向何处去，来时并非本愿，去时亦未征得同意，糊里糊涂地在世间逗留一段时间。在此期间内，我们是以心为形役呢，还是立德立言以求不朽，还是参究生死直超三界呢？这大主意需要自己拿。

鹰的对话

我曾请教过一只老鹰,他年年饱餐人的脏腑,他的见解是,人只是表面上过动物生活,实则只是能动的植物。

山岩上,一只老鹰带着一群小鹰,咋咋地叫个不停。一位通鸟语的牧羊人恰好路经其地,听得老鹰是在教导小鹰如何猎食人肉。其谈话是一问一答,大略如下:

——"我的孩子们,你们将不再那么需要我的指导了,因为你们已经看到我的实际表演,从农庄抓家禽,在小树丛中抓小野兔,牧场上抓小羔羊。但是你们应还记得那更可口的美味,我常以人肉供你们大嚼。"

——"人肉当然是最好吃。你为什么不用你的爪子带回一个人到鹰巢里来呢?"

——"他的身体太大了。我们找到一个人的时候,只能撕下他一块肉,把骨头留在地上。"

——"既如此之大,你又怎样杀死他的呢?你怕狼,你怕熊,你怎能有超过人的力量呢？人难道比一只羊还更可欺么？"

——"我们没有人的力量，也没有人那样的狡诈。我们难得吃一回人肉，如果大自然没有注定把人送给我们来享受。人具有凶猛的性格，比任何动物都凶猛。两族人往往遭遇，呼声震天，火焰弥空。你们听到声音火光起自地上，赶快飞向前去，因为人类一定是正在互相残杀；你们会看见地面上血流成渠尸横遍野，许多尸骸都是肢体不全，很便于我们食用。"

——"人把对方杀死，为什么不吃掉他呢？一头狼杀死一只羊，他在饱啖羊肉以前不会准许秃鹰来触动它的。人不是另一种狼么？"

——"人乃是唯一的一种动物，杀而不吃。这种特性使得他成了我们的大恩人。"

——"人把人肉送到我们跟前，我们就不费心力自己行猎了。"

——"人有时候很长久地安安静静地留在洞里。你们若是看到大堆人聚在一起，像一队鹳似的，你们可以断定他们是要行猎了，你们不久即可大餐人肉。"

——"但是我想知道他们互相残杀，其故安在。"

——"这是我们不能解答的一个问题了。我曾请教过一只老鹰，他年年饱餐人的脏腑，他的见解是，人只是表面上过动物生活，实则只是能动的植物。人爱莫名其妙地互相厮杀，一直到僵挺不动让鹰来啄。或以为这些恶作剧的东西大概是有点什么计划，紧紧团结在一起的人之中，好像有一个在发号施令，又好像是格外地以大屠杀为乐。他凭什么能这样的高高在上，我们不知道；他很少时候是最大的或跑得最快的一个，但是从他的热心与勤奋来看，他比别人对于秃鹰更为友善。"

这当然是一段寓言。作者是谁，恐怕不是我们所容易猜到的。是古代的一位寓言作家么？当然不是。在古代，战争是光荣事业，领导战争的是英雄。是十八世纪讽刺文学大家绥夫特么？有一点像，但是绥夫特的集子里没有这样的一篇。这段寓言的作者是我们所习知的约翰逊博士，是他所写的《闲谈》(The Idler)第二十二期。《闲谈》是《世界纪事》周刊上的一个专栏，第二十二期刊于一七五八年九月九日。《闲谈》共有一百零四篇，于一七六一年及六七年两度刊有合订本，但是这第二十二期都被删去了。为什么约翰逊要删去这一篇，我们不知道，这一篇讽刺的意味是很深刻的。

好斗是人类的本能之一，但是有组织的战争不能算是本能，那是有计划的预谋的团体行动。秃鹰只知道吃人肉，不知道人类为什么要自相残杀。战争的起源是掠夺，掠夺食粮，掠夺土地，掠夺金钱，掠夺一切物资。所以战争不是光荣的事，是万物之灵的人类所做出的最蠢的事。除了抵抗侵略抵抗强权执干戈以卫社稷的不得已而推动的战争之外，一切战争都是该受诅咒的。大多数的人不愿意战争，只有那些思想和情绪不正常的邪恶的所谓领袖人物，才处心积虑地在一些好听的借口之下制造战争。约翰逊在合订本里删除了这一篇讽刺文章，也许是怕开罪于巨室吧？

艺与道德

> 文艺的题材是人生，所以文艺永远含有道德的意味；但是文艺的功用是不是以宣扬道德为最重要的一项呢？

在美国的《新闻周刊》上看到这样一段新闻：

"且来享受醇酒妇人，尽情欢笑；明天再喝苏打水，听人讲道。"这是英国诗人拜伦（一七八八至一八二四年）的句子，据说他不仅这样劝别人，他也彻底地接受了自己的劝告；他和无数的情人缱绻，许多的丑闻使得这位面貌姣好头发鬈曲的诗人，死后不得在西敏寺内获一席地，几近一百五十年之久。一位教会长老说过，拜伦的"公然放浪的行为"和他的"不检的诗篇"使他不具有进入西敏寺的资格。但是"英格兰诗会"以为这位伟大的浪漫作家，由于他的诗和"他对于社会公道与自由之经常的关切"，还是应该享有一座纪念物的，西敏寺也终于改变了初衷，在"诗人角"里，安放了一块铜牌来纪念拜伦。那"诗人角"是早已装满了纪念诗人们的碑牌之类，包括诸大诗人如莎士比亚、米尔顿、巢塞、雪莱、济慈，甚至还有一位外国诗人名为朗费洛的在内。

这样的一条新闻实在令人感慨万千。拜伦是英国的一位浪漫诗人，在行为与作品上都不平凡，"一觉醒来，名满天下"，他不但震世骇俗，他也愤世嫉俗，"不是英格兰不适于我，便是我不适于英格兰"，于是怫然出国，遨游欧土，卒至客死异乡，享年不过三十有六。他生不见容于重礼法的英国社会，死不为西敏寺所尊重，这是可以理解的事。一百五十年后，情感被时间冲淡，社会认清了拜伦的全部面貌，西敏寺敞开了它的严封固扃的大门，这一事实不能不使我们想一想，文艺与道德究竟是怎样的一种关系。

有人说，文艺与道德没有关系。一位厨师，只要善于调和鼎鼐，满足我们的口腹，我们就不必追问他的私生活中有无放荡逾检之处。这一比喻固很巧妙，但并不十分允洽。因为烹调的成品，以其色香味供我们欣赏，性质简单。而文艺作品之内容，则为人生的写照，人性的发挥，我们不仅欣赏其文词，抑且受其内容的感动，有时为之逸兴遄飞，有时为之回肠荡气。我们纵然不问作者本人的道德行为，却不能不理会文艺作品本身所涵蓄着的道德意味。人生的写照，人性的发挥，永远不能离开道德。文艺与道德不可能没有关系。进一步说，口腹之欲的满足也并非是饮食之道的极致；快我朵颐之外，也还要顾到营养健康。文艺之于读者的感应，其间更要引起道德的影响与陶冶的功能。

所谓道德，其范围至为广阔，既不限于礼教，更有异于说教。吾人行事，何者应为，抉择之间端在一心，那便是道德价值的运用。悲天悯人，民胞物与的精神，也正是道德的高度表现。以拜伦而论，他的私人行为有许多地方诚然不足为训，但是他的作品却常有鼓舞人心向上的力量，也常有令人心胸开阔的妙处。他赞赏光荣的历史，他同情被压迫的人民，那一份激昂慷慨的精神，百余年之后仍然虎虎有生气，使得西敏寺的主持人不能不心回意转，终于奉献给他那一份积欠已久的敬意。在伟大作品照耀之下，作者私人生活的玷污终被淡忘，也许不是谅恕，这是不是英国人聪明的地方呢？我们中国人礼教的观念很强，以为一个人私德有亏，便一无是处，我们是不容易把人品和作品分开来的，而且"文人无行"的看法也是很普遍的，好像一个人一旦成为文人，其品行也就不堪闻问，甚至有些文人还有意地不肯敦品，以为不如此不能成其为文人。

文艺的题材是人生，所以文艺永远含有道德的意味；但是文艺的功用是不是以宣扬道德为最重要的一项呢？在西洋文学批评里，这是一个老问题。罗马的何瑞士采取一种折中的态度，以为文学一面供人欣赏，一面教训，所谓寓教训于欣赏。近代纯文学的观念则是倾向于排斥道德教训于文艺之外。我们中国的传统看法，把文艺看成为有用的东西，多少是从实用的观点出发，并不充分承认其本身价值。从孔子所说"《诗》可以兴，可以观，可以群，可以怨，迩之事父，远之事君，多识于鸟兽草木之名"起，以至于周敦颐所谓之"文以载道"，都是把文艺当做教育工具看待，换言之，就是强调文艺之教育的功能，当然也就是强调文艺之道德的意味。直到晚近，文艺本身价值才逐渐被人认识，但是开明如梁任公先生的《小说与群治之关系》，仍未尽脱传统的功利观念的范围。我国的戏剧文学未能充分发达的原因之一，便是因为社会传统过分重视戏剧之社会教育价值。劝忠说孝，没有人反对；旧日剧院舞台两边柱上都有惩恶奖善性质的对联，可惜的是编剧的人受了束缚，不能自由发展，而观众所能欣赏到的也只剩了歌腔身段。戏剧有社会教育的功能，但戏剧本身的价值却不尽在此。文艺与道德有密切的关系，但那关系是内在的，不是目的与手段之间的主从关系。我们可以利用戏剧而从事社会教育，例如破除迷信，扫除文盲，以至于促进卫生，保密防谍，都可以透过戏剧的方式把主张传播给大众。但是我们必须注意，这只是借用性质，借用就是借用，不是本来用途。

　　文艺作品里有情感，有思想，可是里面的思想往往是很难捉摸的，因为那思想与情感交织在一起，而且常是不自觉偶然流露出来的。文艺作家观察人生，处理他选定的题材，自有他独特的眼光，他不会拘于成见，他也不会唯他人之命是从，他不可能遗世独立，把文艺与道德完全隔离，亦不可能忘却他的严肃的"观察人生，并且观察人生全体"之神圣使命。

流行的谬论

> 眼见的未必净,眼不见的也未必不净。他这种说法好有一比,现代司法观念之一是:凡嫌犯之未能证实其为有罪之前,一律假设其为无罪。

有许多俚语俗谚,都是多少年下来的经验与智慧累积锻炼而成。简单的一句话,好像含着颠扑不破的真理。所以在言谈之间,常被摭引,有时候比古圣先贤的嘉言遗训还更亲切动人。由于时代变迁,曩昔的金言有些未必可以奉为圭臬,有些即使仍在流行,事实上也已近于谬论。如要举例,信手拈来就有下面几条:

1. 树大自直

一个孩子,缺乏家教,或是父母溺爱,很容易变成性情乖张,恣肆无礼,稍长也许还会沾染恶习,自甘堕落。常言道:"三岁看小，七岁看老。"悲观的人就要认为这个孩子没有出息，长大了之后大概是败家子或社会上的蠹虫。有些人比较乐观（包括大多数父母在内），却另有想法，"没关系，树大自直""浪子回头千金不换"的故事不是常有所闻的吗？

树大会不会都能自直，我怀疑。山水画里的树很少是直的，多半是倚里歪斜的，甚或是悬空倒挂的。"抚孤松而盘桓。"那孤松不歪不斜便很难去抚。景山上的那棵歪脖树，是天造地设的投缳殉国的装备，至今也没有直起来。当然，山上的巨木神木都是直挺挺地矗立着的，一片片的杉木林全是栋梁之材，也没有一棵是弯曲的。这些树不是长大了才变直，是生来就是直的。堂前栽龙柏，若无木架扶持，早晚会东歪西倒。

浪子回头的事是有的，但是不多，所以一有这种事情发生便被人传诵，算是佳话。浪子而不回头者则滔滔皆是，没有人觉得值得齿及。没出息的孩子变成有出息，我们可以举出许多例子，而没出息的孩子一直没出息到底则如恒河沙数。

树要修要剪，要扶要培。孩子也是一样。弯了的树不会自直，放纵坏了的孩子大概也不会自立。西谚有云："舍不得用板子，便会纵坏了孩子。"约翰逊博士不完全反对体罚，孩子的行为若是不正，在他身上肉厚的地方给几巴掌，他认为最是简捷了当的处理方法。

2. 虱多不痒，债多不愁

晋王猛"扪虱而言，旁若无人"，固然是名士风流，无视权势。可是他的大布褂内长满了体虱（有无头虱、阴虱我们不知道），那份奇痒难熬，就是没有多少经验的人也会想象得出。嵇康与山巨源绝交，也自称"性复多虱，把搔无已"，作为是不堪"裹以章服揖拜上官"的理由之一。若说虱多不痒，天晓得！虱不生则已，生则繁殖甚速，孵化很快，虱愈多则愈痒，势必非"倩麻姑痒处搔"不可。

对许多人而言，借贷是寻常事。初次向人告贷，也许带有几分忸怩，手心朝上，"口将言而嗫嚅"。既贷到手，久不能偿，心头上不能不感到压力，不愁才怪！债愈多则压力愈大。债主逼上门来，无词以对，处境尴尬，设若遇到索债暴徒，则不免当场出彩。也许有人要说，近有以债养债之说，多方接纳，广开债源，债额愈大，则借贷愈易，于是由小债而变成大债，挹彼注此，左右逢源，最后由大债而变成呆账，不了了之。殊不知这种缺德之事也不是人尽能为，必其人长袖善舞而且寡廉鲜耻，随时担着风险，若说他心里坦然，无忧无虑，恐亦不然。又有人说，逋不能偿，则走为上计。昔人有"债台高筑"之说，所谓债台即是逃债之台。如今时代进步，欲逃债可以远走高飞，到异乡做寓公，不必自己高筑债台，何愁之有？殊不知人非情急，谁也不愿效狗急之跳墙。身在外邦，也要藏藏躲躲，见不得人，我猜想他的那种生活也不是一个愁字了得。

有虱必痒，债多必愁。

3. 老天爷饿不死瞎家雀儿

有人真相信"天地之大德曰生"，对于一切有情之伦挣扎于濒死边缘好像是视若无睹。人间有无法糊口者，有生而残障者，有遭逢饥馑，旱涝蝗灾，辗转沟壑者。他认为不必着慌，"船到桥头自然直"，冥冥之中似有主宰，到头来大家都有饭吃。即使是一只瞎家雀也不会活生生地饿死。

谁说的！我在寒冷的北方就不止一次看到家雀从檐角坠下，显然的是饥寒交迫而死，不过我没有去验它是否是瞎的。我记得哈代有一首诗，题曰《提醒者》，大意是说他在耶诞前夕正在准备过一个快乐的夜晚，忽见窗外寒枝之上落着一只小鸟，冻得直哆嗦，饿得啄食一个硬干果，一下子堕下去像个雪球似的死了。他叹道，我难得刚要快活一阵，你竟来提醒我生活的艰难困苦！这是典型的悲观主义者哈代的一首小诗，他大概不知道我们的那句俗话"老天爷饿不死瞎家雀儿"。麻雀微细不足道，但是看看非洲在旱灾笼罩之下，多少人都成了饿殍，白骨黄沙，惨不忍睹，是人谋不臧，还是天降鞫凶？人在情急的时候，无不呼天抢地，天地会一伸援手吗？有些地方旱魃肆虐，忽然大雨滂沱，大家额手相庆，感谢上苍，没有想到雨水滋润了干土,蝗虫的卵得以在地下孵化,不久就构成了蝗灾。老天爷是何居心?

天生万物,相克相杀,没有地方讲理去,老天爷管不了许多。

4. 好的开始便是成功的一半

这句话是从外语翻译过来的,很多人常把这句话挂在嘴边。未尝不是一句善颂善祷的话,当事人听了觉得很受用。但是再想一下,一个辉煌的开始便是百分之五十成功的保证,天下有这等便宜事?

《诗·大雅·荡》:"靡不有初,鲜克有终。"是比较平实的说法。我们国人做事擅长的一手是"五分钟热气",开始时激昂慷慨,铺张扬厉,好像是要雷厉风行,但是过不了多久,渐渐一切抛在脑后,虽然口里高唱"贯彻始终",事实上常是有始无终。

参加赛跑的人,起步固然要紧,但最后胜利却系于临终的冲刺。最近看我们的一个球队参加国际比赛,开始有板有眼,好一阵子一直领先,但是后继无力,终落惨败。好的开始似乎无关最后的成败。

5. 眼不见为净

老早有人劝我别吃烧饼，说烧饼里常夹有老鼠屎，我不信。后来我好奇，有一天掰开烧饼看看，赫然一粒老鼠屎在焉。"一粒老鼠屎捣乱一锅粥！"从此我有了戒心，不敢常吃烧饼。偶然吃一次，必先掰开仔细看看。

有人笑我过分小心。他的理论是：我们每天吃的东西种类繁多，焉能一一亲自检视，大致不差也就是了，眼不见为净。人的肉眼本来所见有限，好多有毒的或无害的微生物都不是肉眼所能窥察得到的。眼见的未必净，眼不见的也未必不净。他这种说法好有一比，现代司法观念之一是：凡嫌犯之未能证实其为有罪之前，一律假设其为无罪。食物未经化验其为不净，似乎也可以认为它是净的。这种说法很危险，如果轻信眼不见为净，很可能吃下某些东西而受害不浅，重则致命，轻则缠绵病榻伏枕呻吟。

科学方法建设在几项哲学假设上面，其中之一是假设物质乃普遍地一致。抽样检查之可靠性也是假设其全部品质都是一样的。我们除了信赖科学检验之外别无选择。俗语说："过水为净。"不失为可行，蔬菜水果之类多洗几遍即可减除其中残留的农药。不过食物不是都可以水洗的。

"眼不见为净"之说固不可盲从，所谓"没脏没净，吃了没病"之说简直是荒谬。

6. 伸手不打笑脸人

笑脸是不常见的。常见的是面皮绷得紧紧的驴脸,可以刮下一层霜的冷脸,好像才吞了农药下去的苦脸,睡眠不足的或是劬劳瘠悴的病脸,再不就是满脸横肉的凶脸。所以我们偶然看见一张笑脸,不由得不心生喜悦。那笑脸也许不是生自内心而自然流露,也许是为了某种需要而强作笑颜。脸不必笑得像一朵花,只要面部肌肉稍为放松,嘴角稍为咧开一点,就会给人以相当的舒适感。我一向相信,笑脸是人际关系中可以通行无阻的安全证。即使人在盛怒之中,摩拳擦掌,但是不会去打一个笑脸人,他下不去手。

最近看了报上一则新闻,开始觉得笑脸并不一定能保障一个人的安全。赔笑脸有时还是免不了挨嘴巴,事属常有,我所见的这条新闻却不寻常。有一位不务正业而专走邪道的青年,有一天踉跄地回家,狼狈地伏在案头,一言不发。老母见状,不禁莞尔。这一笑,不打紧,不知年轻人是误会为讥笑、讪笑,或是冷笑,他上去对准老母胸前就是一拳。老母应拳而倒,一命归西!微微一笑引起致命的一拳。以后下文如何,不得而知。

人到了要伸手打人的时候,大笑脸不但不足以御强拳,而且可以招致杀身之祸。但愿这是一条孤证。

7. 吃一行，恨一行

"三百六十行，行行出状元。"这是说职业不分上下，每一行范围之内一个人只要努力，不愁不能出人头地做到顶尖的位置。这也是劝勉人各就岗位奋斗向上，不要一味地"这山望着那山高"。究竟行还是有高低，犹山之有高低。状元与状元不同。西瓜大王不能与钢铁大王比，馄饨大王也不能和煤油大王比。

每一行都有它的艰难困苦，其发展的路常是坎坷多舛的。投身到任何一个行当，只好埋头苦干。有人只看见和尚吃馒头，没看见和尚受戒，遂生羡慕别人之心，以为自己这一行只有苦没有乐，不但自己唉声叹气，恨自己选错了行，还会谆谆告诫他的子弟千万别再做这一行。这叫作"吃一行，恨一行"。

造出"吃一行，恨一行"这句话的人，其用心可能是劝勉大家安分守己，但是这句话也道出无数人的无可奈何的心情。其实干一行应该爱一行才对。因为没有一行没有乐趣，至少一件工作之完满地完成便是无上乐趣。很多知道敬业的人不但自己满足于他的行当，而且教导他的子弟步武他的踪迹，被人称为"克绍箕裘"，其间没有丝毫恨意。

8. 子不嫌母丑，狗不嫌家贫

狗是很聪明的动物，但不太聪明。乞丐挂着一根杖，提着一个钵，沿门求乞，一条瘦狗寸步不离地跟随着他。得到一些残肴剩炙，人与狗分而食之。但是狗不会离开他，不会看到较好的去处便去趋就，所以说狗不算太聪明，虽然它有那么一份义气。

在儿女的眼光里，母亲应该是最美最可爱最可信赖最该受感激的一个人。人有丑的，母亲没有丑的。母亲可以老，但不会丑。从前有一首很流行的儿歌《乌鸦歌》，记得歌词是这样的："乌鸦乌鸦对我叫，乌鸦真真孝。乌鸦老了不能飞，对着小鸦啼。小鸦朝朝打食归，打食归来先喂母。'母亲从前喂过我！'"这是借乌鸦反哺来劝孝的歌，但是最后一句"母亲从前喂过我"实在非常动人，没有失去人性的人回想起"母亲从前喂过我"，再听了这句歌词，恐怕没有不心酸的。每个人大概都会为了他的母亲而感觉骄傲，谁会嫌他的母亲丑？

"狗不嫌家贫，子不嫌母丑"，话没有错。不过嫌贫爱富恐怕是人之常情，不嫌家贫这份美誉恐怕要让狗来独享下去。子嫌母丑的例子也不是没有。我就知道有两个例子，无独有偶。有两位受过所谓"高等教育"的人，家里延见宾客，照例有两位衣服破敝的老妇捧茶出去，主人不予介绍，客人也就安然受之，以为那个老妪必是佣妇。久之才从侧面打听出来那老妪乃主人之生母,主人嫌其老丑,有失体面,认为见不得人,使之奉茶,废物利用而已。狗不嫌家贫,并未言过其实。子不嫌母丑,对愈来愈多的人有变为谬论的可能。

为什么不说实话

> 要下水,大家拖下水。谁也不说老实话。说老实话就是呆瓜!
> 这种心理,到处皆然,要不得!

听一个朋友说起一个有趣的故事,这是个老故事,但我是初次听见,所以以为有趣。他说:

有一家酒店,隔壁住着好几个酒徒,酒徒竟偷酒喝,偷酒的方法是凿壁成穴,以管入酒缸而吸饮之,轮流吸饮,每天夜晚习以为常。酒店老板初而惊讶酒浆损失之巨,继而暗叹酒徒偷饮技术之精,终乃思得报复之道。老板不动声色,入晚于置酒缸之处改置小便桶一,内中便溺洋溢,不可向迩。夜深人静,酒徒又来吮饮,争先恐后,欲解馋吻。用尽力一吸,饱尝异味,挤眉咧嘴,汩汩自喉而下,刚要声张,旋思我若声张,别人必不再来上当,我独自吃亏,岂不太冤枉乎?有亏大家吃。于是乎连呼"好酒！好酒！"而退，乙继之，亦同样上当，亦同样不肯独自上当，亦连呼"好酒！好酒！"而退。丙丁戊己，循序而饮，以至于全体酒徒均得分润。事毕环立，相视而笑。

我听过这个故事之后，心里有一点儿明白为什么有些人不肯说老实话。有些人宁愿自己吃亏，宁愿跟着别人吃亏，宁愿套引别人跟着他吃亏，而也不愿意把自己所实感的坦白直说出来。因为说出来之后，别人就不再吃亏，而他自己就显得特别委屈。别人和他同样地吃亏，他就觉得有人陪着他吃亏了，不冤枉了。

我又想：万一其中有一个心直口快，把老实话脱口而出，这个人将要受怎样的遭遇呢？我想这个人是不受欢迎的，并且还要受到诅咒，尤其是那些已经饮过小便而貌做饮过醇酿的人必定要骂这个人是个呆瓜！

要下水，大家拖下水。谁也不说老实话。说老实话就是呆瓜！

这种心理，到处皆然，要不得！

莎士比亚与性

> 不要以为只有贩夫走卒才欣赏大荤笑话,缙绅阶级的人一样地欢迎那件人人可以做而不可以说的事。

一位著名的伊利莎白文学专家在伦敦《泰晤士报》上说"莎士比亚是最富于性的描述的英文伟大作家。他毫不费力的,很自然的,每个汗毛孔里都淌着性。"这位六十七岁的英国学者劳斯又说:"在莎氏作品中,可以清楚地看到,他集中注意力于女人身上。所以他创造出一系列的动人的文学中的女性。同时有人坚信莎士比亚作品乃是培根,或玛娄,或牛津伯爵所作,其说亦显然的是狂妄,因为这几个人都是同性恋者。""这一点在莎士比亚研究上甚为重要,他是非常热烈的异性恋者——就一个英国人身分而言也许是超过了正常的程度。"

西雅图《泰晤士报》于同年四月二十四日亦刊有一段类似的电讯:

性与诗人

现代的色情作家会使莎士比亚生厌

伦敦美联社讯——想找一本色情的书么？不必注意目前充斥市场的淫书，去读莎士比亚的作品罢。

这是两位文学界权威的劝告，他们说这位诗人的十四行诗集有的是猥亵的描写。

伦敦《泰晤士报》今天发表了这两位戏剧专家的意见，宣称莎士比亚是英文中最富色情的作家。

莎氏传记作者牛津大学的劳斯博士说，莎士比亚"从每一个汗毛孔淌出色情"。

劳斯引述《莎士比亚的猥亵文字》作者帕特立芝（Eric Patridgc）的话，说莎氏是"一位极有学识的色情主义者，渊博的行家，非常善于谈情说爱的能手，大可以对奥维德予以教益哩"。

但是专家们说，把淫秽部分发掘出来不是容易事。

莎士比亚的色情描述通常是隐隐约约的，使用文字游戏来表达，需具有精通伊利莎白英文能力的学者才能欣赏。

劳斯说，莎氏是"非常热烈的异性爱者——以一个英国人身分来说可能是超过了一般常态。"

劳斯的文章是为纪念一五六四年诗人诞辰纪念而作，立即引起争论。

"大诗人是色情狂么？"《太阳报》的一个标题这样问。莎士比亚学会秘书 Gwyneth Bowen[①] 说："胡说！其他大部分伊利莎白作家比他的色情成分要多得多哩。"

看了以上两段报导文字，不禁诧异一般人对莎士比亚的认识是这样的浅薄。戏剧里含有猥亵成分是很平常的事，中外皆然。尤其是在从前，编戏的人不算是文学作家，剧本不算是文学作品，剧本是剧团所有的一项资产；剧本不是为读的，是为演的；剧本经常被人改动有所增损；剧本的内容要受观众的影响。所以，剧本里含有猥亵之处，不足为奇。看戏的人，从前都是以男人为限，而且是各阶层的男人。什么事情能比色情更能博取各色人等的会心一笑呢？不要以为只有贩夫走卒才欣赏大荤笑话，缙绅阶级的人一样地欢迎那件人人可以做而不可以说的事。平素处在礼法道德的拘束之下的人，多所忌讳，一旦在戏院里听到平素听不到的色情描写，焉能不有一种解放的满足而哄然大笑？我们中国的平剧，在从前观众没有女性参加的时候，有几出戏丑角插科打诨之中，猥亵成分特多，当时称之为"粉戏"，以后在"风化"的大题目之下逐渐删汰了比较大胆的色情点缀。莎氏全集，一八一八年包德勒(Thomas Bowdler)也曾加以"净化"，删削了一切他所认为淫秽的词句，成了"每个家庭里皆适于阅读"的版本。不过至今我还不能不想到那些所说的"粉戏"。

[①] 译为"格温尼思·鲍恩"。——编者注

至今似乎没有人肯购置一部包德勒编的莎氏全集放在他的家里（事实上这个版本早已绝版）。

若说莎士比亚作品最富色情，似亦未必。十四行诗第一百二十九首是著名的一首，以性欲为主题，表现诗人对于性交之强烈的厌恶，我的译文如下：

> 肉欲的满足乃是精力之可耻的浪费；
> 在未满足之前，肉欲是狡诈而有祸害，
> 血腥的，而且充满了罪，
> 粗野无礼，穷凶极恶，不可信赖，
> 刚刚一满足，立即觉得可鄙；
> 猎取时如醉如狂；一旦得到，
> 竟又悔又恨，像是有人故意，
> 布下了钓饵被你吞掉：
> 追求时有如疯癫，得到时也一样；
> 已得，正在得，尚未得，都太极端；
> 享受时恍若天堂；事过后是懊丧；
> 这一切无人不知；但无人懂得彻底，
> 对这引人下地狱的天堂加以规避。

诗写得很明显，其中没有文字游戏，亦未隐约其词，但是并不淫秽。我记得罗赛蒂（Dante G. Rossetti）有一首《新婚之夜》（Nuptial Night），也不能算是色情之作。

莎氏剧中淫秽之词，绝大部分是假藉文字游戏，尤其是所谓双关语。朱生豪先生译《莎士比亚全集》把这些部分几完全删去。他所删的部分，连同其他较为费解的所在，据我约略估计，每剧在二百行以上，我觉得很可惜。我认为莎氏原作猥亵处，仍宜保留，以存其真。

在另一方面亦无需加以渲染，大惊小怪。

学问与趣味

> 只有懒惰与任性，才能使一个人自甘暴弃地在"趣味"的掩护之下败退。

前辈的学者常以学问的趣味启迪后生，因为他们自己实在是得到了学问的趣味，故不惜现身说法，诱导后学，使他们在愉快的心情之下走进学问的大门。例如，梁任公先生就说过："我是个主张趣味主义的人，倘若用化学化分'梁启超'这件东西，把里头所含一种名叫'趣味'的元素抽出来，只怕所剩下的仅有个零了。"任公先生注重趣味，学问甚是渊博，而并不存有任何外在的动机，只是"无所为而为"，故能有他那样的成就。一个人在学问上果能感觉到趣味，有时真会像是着了魔一般，真能废寝忘食，真能不知老之将至，苦苦钻研，锲而不舍，在学问上焉能不有收获？不过我尝想，以任公先生而论，他后期的著述如《历史研究法》①《先秦政治思想史》，以及有关墨子

---

① 应为《中国历史研究法》。——编者注

佛学陶渊明的作品，都可说是他的一点"趣味"在驱使着他，可是他在年轻的时候，从师受业，诵读典籍，那时节也全然是趣味吗？作八股文，作试帖诗，莫非也是趣味吗？我想未必。大概趣味云云，是指年长之后自动做学问之时而言，在年轻时候为学问打根底之际恐怕不能过分重视趣味。学问没有根底，趣味也很难滋生。任公先生的学问之所以那样的博大精深，涉笔成趣，左右逢源，不能不说一大部分得力于他的学问根底之打得坚固。

我曾见许多年轻的朋友，聪明用功，成绩优异，而语文程度不足以达意，甚至写一封信亦难得通顺，问其故则曰其兴趣不在语文方面。又有一些朋友，执笔为文，斐然可诵，而视数理科目如仇雠，勉强才能及格，问其故则亦曰其兴趣不在数理方面，而且他们觉得某些科目没有趣味，便撇在一旁视如敝屣，怡然自得，振振有词，面无愧色，好像这就是发扬趣味主义。殊不知天下没有没有趣味的学问，端视吾人如何发掘其趣味，如果在良师指导之下按部就班地循序而进，一步一步地发现新天地，当然乐在其中，如果浅尝辄止，甚至躐等躁进，当然味同嚼蜡，自讨没趣。一个有中上天资的人，对于普通的基本的文理科目，都同样地有学习的能力，绝不会本能地长于此而拙于彼。只有懒惰与任性，才能使一个人自甘暴弃地在"趣味"的掩护之下败退。

由小学到中学，所修习的无非是一些普通的基本知识。就是大学四年，所授课业也还是相当粗浅的学识。世人常称大学为"最高学府"，这名称易滋误解，好像过此以上即无学问可言。大学的研究所才是初步研究学问的所在，在这里做学问也只能算是粗涉藩篱，注重的是研究学问的方法与实习。学无止境，一生的时间都嫌太短，所以古人皓首穷经，头发白了还是在继续研究，不过在这样的研究中确是有浓厚的趣味。

在初学的阶段，由小学至大学，我们与其倡言趣味，不如偏重纪律。一个合理编列的课程表，犹如一个营养均衡的食谱，里面各个项目都是有益而必需的，不可偏废，不可再有选择。所谓选修科目也只是在某一项目范围内略有拣选余地而已。一个受过良好教育的人，犹如一个科班出身的戏剧演员，在坐科的时候他是要服从严格纪律的，唱工、做工、武把子都要认真学习，各种角色的戏都要完全谙通，学成之后才能各按其趣味而单独发展其所长。学问要有根底，根底要打得平正坚实，以后永远受用。初学阶段的科目之最重要的莫过于语文与数学。语文是阅读达意的工具，国文不通便很难表达自己，外国文不通便很难吸取外来的新知。数学是思想条理之最好的训练。其他科目也是各有各的用处，其重要性很难强分轩轾，例如体育，从另一方面看也是重要得无以复加。总之，我们在求学时代，应该暂且把趣味放在一边，耐着性子接受教育的纪律，把自己锻炼成为坚实的材料。学问的趣味，留在将来慢慢享受一点也不迟。